Tucholsky Wagner Zola Scott Sydow Freud Schlegel
Turgenev Fonatne Wallace
Twain Walther von der Vogelweide Fouqué Friedrich II. von Preußen
Weber Freiligrath Frey
Fechner Fichte Weiße Rose von Fallersleben Kant Ernst Frommel
Richthofen
Engels Fielding Hölderlin Tacitus Dumas
Fehrs Faber Flaubert Eichendorff
Feuerbach Maximilian I. von Habsburg Fock Eliasberg Zweig Ebner Eschenbach
Ewald Eliot Vergil
Goethe London
Mendelssohn Balzac Shakespeare Elisabeth von Österreich Dostojewski Ganghofer
Trackl Lichtenberg Rathenau Doyle Gjellerup
Stevenson Hambruch
Mommsen Tolstoi Lenz Droste-Hülshoff
Thoma von Arnim Hanrieder
Dach Verne Hägele Hauff Humboldt
Karrillon Reuter Rousseau Hagen Hauptmann Gautier
Garschin Defoe Baudelaire
Damaschke Hebbel
Descartes Hegel Kussmaul Herder
Wolfram von Eschenbach Dickens Schopenhauer Rilke George
Bronner Darwin Melville Grimm Jerome
Campe Horváth Aristoteles Bebel Proust
Bismarck Vigny Barlach Voltaire Federer Herodot
Gengenbach Heine
Storm Casanova Tersteegen Gilm Grillparzer Georgy
Chamberlain Lessing Langbein Gryphius
Brentano Lafontaine
Strachwitz Claudius Schiller Kralik Iffland Sokrates
Katharina II. von Rußland Bellamy Schilling
Gerstäcker Raabe Gibbon Tschechow
Löns Hesse Hoffmann Gogol Wilde Vulpius
Luther Heym Hofmannsthal Gleim
Roth Klee Hölty Morgenstern Goedicke
Luxemburg Heyse Klopstock Kleist
Machiavelli La Roche Puschkin Homer Mörike Musil
Horaz
Navarra Aurel Musset Kierkegaard Kraft Kraus
Nestroy Marie de France Lamprecht Kind Kirchhoff Hugo Moltke
Laotse Ipsen Liebknecht
Nietzsche Nansen
Marx Lassalle Gorki Klett Ringelnatz
von Ossietzky May vom Stein Lawrence Leibniz Irving
Petalozzi Knigge
Platon Pückler Michelangelo Kafka
Sachs Poe Liebermann Kock
de Sade Praetorius Mistral Zetkin Korolenko

Der Verlag tredition aus Hamburg veröffentlicht in der Reihe **TREDITION CLASSICS** Werke aus mehr als zwei Jahrtausenden. Diese waren zu einem Großteil vergriffen oder nur noch antiquarisch erhältlich.

Symbolfigur für **TREDITION CLASSICS** ist Johannes Gutenberg (1400 — 1468), der Erfinder des Buchdrucks mit Metalllettern und der Druckerpresse.

Mit der Buchreihe **TREDITION CLASSICS** verfolgt tredition das Ziel, tausende Klassiker der Weltliteratur verschiedener Sprachen wieder als gedruckte Bücher aufzulegen – und das weltweit!

Die Buchreihe dient zur Bewahrung der Literatur und Förderung der Kultur. Sie trägt so dazu bei, dass viele tausend Werke nicht in Vergessenheit geraten.

Die Magd

Eine litauische Geschichte

Hermann Sudermann

Impressum

Autor: Hermann Sudermann
Umschlagkonzept: toepferschumann, Berlin

Verlag: tredition GmbH, Hamburg
ISBN: 978-3-8424-1368-9
Printed in Germany

I.

Es war am ersten Juli und schon Feierabend, als die Marinke Tamoszus im Dorf einfuhr. Der Vater hatte sie in seinem Wagen selber gebracht. Trotzdem kam sie nicht aus dem Elternhaus. Sie kam von dem Gut des Herrn Westphal, wo sie erst ein Jahr im Haushalt gedient und dann zwei Jahre lang die Meierei verwaltet hatte.

Dort war sie dem alten Enskys aus Ussainen in die Augen gefallen. Er hatte beim Milchabliefern die fleißige Wirtin in ihr erkannt und erst seine Frau und dann auch seinen Sohn, den Jurris, auf sie aufmerksam gemacht. Hierauf, als beide freudig ja sagten, hatte er sich mit ihrem Vater verständig, und das Ende vom Lied war, daß sie dem Herrn Westphal kündigte und vom alten Enskys den Mietstaler nahm.

Aber nein doch, das Ende war es nicht! Es sollte vielmehr ein glücklicher Anfang sein.

Denn wenn man sich gegenseitig gefiel, so konnte nach den letzten Kartoffeln, um Mitte Oktober etwa, die Hochzeit gefeiert werden. Wenigstens war es mit dem Vater so abgemacht worden. Und sie, die Marinke, hatte sich nicht gewehrt. Denn nach Hause konnte sie nicht, weil dort eine böse Stiefmutter schaltete, und ewig auf dem großen Gut zu scharwerken, hatte erst recht keinen Zweck. Man kam schließlich bloß ins Gerede.

Sie saß in ihren Sonntagskleidern mit gründurchflochtenen Zöpfen und brauner Taftschürze, blond und rund und schüchtern neben dem dürrgearbeiteten Vater, der auf seine Gäule losprügelte, denn er wollte forsch vorgefahren kommen.

Er kannte die Enskyssche Wirtschaft schon, sie hingegen war noch niemals dort gewesen und fuhr ins neue Leben hinein, wie man aufs Meer hinausfährt.

Sie blickte nicht vorwärts und nicht in die Runde, und von freudiger Erwartung stand wenig auf ihrem Gesicht zu lesen. Sie fragte auch nicht: »Ist es hier? Ist es dort?« Aber wenn der Wagen an einem neuen Zugangsweg vorbeifuhr, atmete sie erleichtert auf, weil ihr noch eine Galgenfrist blieb.

Endlich bog er doch um die Ecke, und im Abendschein lag die künftige Heimat vor ihr. Vier schwarz-weiße Kühe weideten im Roßgarten. Daß die tüchtige Milchgeberinnen waren, das wußte sie schon von der Meierei her. Der Garten mit Blumen voll. Der Hofraum gepflastert. Der Stumpf einer Dreschmaschine vor der massiven Scheune. In ihrem Herzensbangen fiel ihr sonst nicht viel auf. Nur die braunen Netze, die zum Trocknen über den Staketen hingen, gewahrte sie mit etlichem Staunen, denn noch nie war sie in einer Fischergegend gewesen.

Vor der Tür standen die Alten mitsamt dem Jurris. Auch ein Knecht war da und eine Taglöhnerfrau. Um derentwillen durfte der Willkomm nicht allzu herzlich sein. Aber sie dachten sich doch ihr Teil, denn sie grieflachten heimlich zusammen.

Wenn ein junger Sohn im Haus ist, und die Magd kommt zweispännig angefahren, und der eigene Vater kutschiert!

Der Jurris war ebenso schüchtern wie sie. Man hätte es nicht von ihm glauben sollen, denn er war unlängst von den Kürassieren nach Hause gekommen, und die blau-weiße Mütze saß ihm noch auf dem linken Ohr. Aber als er ihr kaum die Hand gegeben hatte, machte er sich schon an dem Kasten zu schaffen, den er mit Hilfe des Knechts über die Sprossen hob. Nur um nicht mit ihr reden zu müssen.

Eigentlich wie ein Kürassier sah er nicht aus. Nach seiner Gestalt hätte man ihn eher bei den Ulanen vermutet. Lang und biegsam und von sinkendem Schulterbau. Die Augen blau und still. Viel von Bart noch nicht auf den Lippen.

Das Ausspannen verbat sich der alte Tamoszus. Denn bis nach Piktaten, wo seine Wirtschaft lag, sind es mehr als drei Meilen, und er wollte nachts schon zu Hause sein. Aber einen Bissen geräucherten Aal aß er doch und trank den Himbeer dazu, der nicht im mindesten kratzte. Er fühlte es mit Zufriedenheit: Die Marinke kam in ein gutes Haus, und die fünfhundert Taler, die er ihr mitgeben konnte, würden gut angewandt sein.

So fuhr er also von dannen, und die Marinke saß in der Kammer und weinte.

Aber da man bei fleißiger Arbeit eher ans Lachen als ans Weinen denkt, so war sie am nächsten Morgen schon wieder ganz fröhlich. Die Kühe standen über dem Melkeimer so still, als hätte sie sie schon seit Wochen geliebkost, und der Schweinetrank schwippte in weitem Bogen gerade unter die hungernden Rüssel.

Die Enskene ging ihr nach auf Schritt und Tritt, aber so, daß sie von ihr nicht gesehen werden konnte, und als das Frühstücksbrot kam, sagte sie leise zu ihrem Mann: »Wir haben gut gewählt. Sie ist eine Gesegnete.«

Der alte Enskys faltete die rissigen Hände und sagte noch zweifelnd: »Geb' Gott!«

Und beide dachten daran, wie sie nun im Herbst sich zur Ruhe setzen könnten, waren dabei aber erst um die Fünfzig.

Die Marinke tat, als merke sie nichts von dem Beobachtetwerden und dem Getuschel, und machte ihre Arbeit als eine, die das Arbeiten liebt und nicht nach rechts und nach links sieht.

Die Schwiegermutter gefiel ihr. Bequem und gütigen Herzens und nicht gewillt, sie ihre Herrschaft fühlen zu lassen.

Aus dem Schwiegervater war vorderhand noch nicht klug zu werden. Bescheiden im Wesen, als wär' er ein Instmann, aber pfiffigen Blicks und im kleinen ein Quengler. Denn er gemahnte sie zwei-, dreimal an etwas, was sie noch gar nicht wissen konnte. Aber das mochte auch Unvernunft sein.

Der Jurris saß steif neben ihr da und sprach sie nicht an. Und so blieb es Tage und Tage lang, so daß der Knecht und die Taglöhnerin ihren Verdacht bald wieder fahren ließen.

Der Marinke war es recht so, denn ihre Gedanken weilten ganz, ganz woanders als bei dem Jurris. Nur neugierig war sie auf ihn und wollte wissen, wie er es anfangen würde. Aber er fing es lieber gar nicht an. Und mit der Zeit begann sie zu fürchten, sie könnte wieder heimgeschickt werden. Und noch etwas Schlimmeres fürchtete sie, doch daran ging das Denken gern vorüber.

II.

Um ihre Milch am besten zu verwerten, hatten die fünf größten Wirte des Dorfes mit Herrn Westphal einen Pachtvertrag abgeschlossen und lieferten ihm soundsoviel Liter täglich für seine Meierei. Im Hinfahren wechselten sie sich allwöchentlich ab, und daher kannte die Marinke sie alle. Und besser noch kannte sie ihre Frauen und Kinder, denn die Besitzer spielten den Kutscher meistens nur dann, wenn sie in Augustenhof sonst noch was zu tun hatten.

In der Woche nach Marinkes Ankunft war der Jozup an der Reihe. Der Jozup Wilkat, der mit seiner Mutter die Wirtschaft führte. Ein dunkler junger Mensch von Dreiviertelgröße mit buschigem Schnurrbart und zusammengewachsenen Brauen, die ihm ein finsteres und fremdartiges Aussehen gaben. Den Hof, der übrigens wohlhabend und gut gehalten war, nannte man in der Gegend die »Wilkija«, das Wolfsnest. Zuerst natürlich des Namens wegen, denn Wilkat heißt im Deutschen der »Werwolf«. Dann aber auch, weil die drei Söhne, die vaterlos herangewachsen waren, sich von früher Jugend an in den Haaren gelegen hatten, bis die Mutter, deren Liebling der Jozup war, die beiden Älteren herausbiß, so daß sie nun in Berlin auf Beförderung dienten. Der Jozup aber wartete nur auf eine passende Frau, um dann die Wirtschaft zu übernehmen.

In Augustenhof waren alle Mägde hinter ihm her, aber er kümmerte sich wenig um sie. Selbst die Marinke hatte er immer bloß stumm angeglupt, hatte seine Milch aufschreiben lassen – und weg war er.

Man sagte von ihm, er sei ein »Bedraugis«, das ist einer, der keinen Freund hat, und das mochte früher vielleicht gestimmt haben; wenn er jetzt aber abends die Milch abholen kam, machte er sich lange im Stall bei dem Jurris zu schaffen, rauchte eine Zigarre mit ihm und versäumte womöglich die Abfahrt. Denn bis Augustenhof sind es im Schritt immerhin doch anderthalb Stunden. Es schien, als wären sie immer Herzensfreunde gewesen.

Am vierten Abend mochte es sein, da trat er zu der Marinke, die eben die Milchkannen auflud, und redete sie mit den Worten an: »Gestern hat mich der Herr Westphal halten lassen und hat gesagt, ich möchte dir sagen, du möchtest doch bei Gelegenheit einmal nach Augustenhof kommen.«

Die Marinke wurde rot und sagte: »Was soll ich in Augustenhof? Ich bin nicht mehr in Dienst dort.«

Und der Jozup entgegnete: »Es ist noch etwas abzurechnen, hat er gesagt.«

Die Marinke antwortete: »Ich *habe* abgerechnet« und ging ihrer Wege.

Aber am Sonnabend kam er noch einmal und sagte: »Der Herr Westphal ist gestern auf der Meierei gewesen und hat gesagt, er würde aus einem Posten nicht klug, und er müsse durchaus mit dir reden. Morgen am Sonntag ist mein letzter Abend. Vielleicht erweist du mir das Vertrauen und fährst mit mir.«

Der Marinke gab es einen Stoß gegen das Herz. Sie sah den Jurris an, der still nebenbei stand, und sagte: »Wenn ich durchaus fahren muß, so fahr' ich doch lieber, wenn *wir* an der Reihe sind. Die acht Tage wird der Herr Westphal sich wohl noch gedulden.«

Der Jozup zog die Brauenhaare noch finsterer zusammen, stieg auf und fuhr vom Hof herunter.

Der Jurris stand da und sah ihm nach, und die Marinke grämte sich, daß er noch immer nicht zu ihr sprach. Schließlich war sie doch »auf Prob'« hier. Was sollte werden, wenn es so blieb?

Darum tat sie etwas, was ihrem schüchternen Sinn ganz zuwider war und wozu sie bisher den Mut noch nie gefunden hatte. Sie stellte sich neben ihn und sagte: »Vielleicht bis *du* so gut und nimmst mich dann einmal mit.«

Hätte er nun eine kurze und unwirsche Antwort gegeben oder ihr sonst sein Mißfallen gezeigt, dann hätte sie gewußt, daß sie ihren Kasten bald würde packen müssen. Aber was tat er?

Er drehte sich nach ihr um; ein gutes, man konnte sagen ein glückliches Lächeln ging über sein ganzes Gesicht, und er entgegnete: »Wirst du dann auch einmal mit mir fischen kommen?«

Nun wußte sie, wie sie mit ihm dran war und daß sie mit ihrem Kasten würde hierbleiben können für ihre ganze Lebenszeit. Am liebsten wäre sie gleich davongelaufen und hätte im Winkel geweint, aber sie bezwang sich und lächelte nur und sagte: »Du *hast* ja bisher noch gar nicht gefischt.«

»Ich habe immer auf dich gewartet«, entgegnete er.

»Wenn du die Mutter gebeten hättest, hätte sie mich wohl freigelassen«, sagte sie.

»Ja, das hätte ich eigentlich tun können«, entgegnete ihr der Jurris, »aber ich dachte immer, du hättest zu viel zu tun.«

»Zu tun habe ich wohl genug«, war ihre Antwort, »aber wie man fischt, das sähe ich gar zu gerne.«

Da führte er sie vor die braunen, nach Teer riechenden Netze, die über die Stakete gehängt waren, und erklärte ihr alles.

Sie hörte ihm zu und hörte doch nichts. Vor lauter Glück hörte sie nichts. Das Schwere, das Dunkle, das sonst über ihr Denken gebreitet war, löste sich auf.

Nichts war um sie und in ihr als ein milder Sommerabend mit braunen Netzen und grünen Staketen und vielen Blumen dahinter, und Vögelchen, die sie ansangen, und einem Hofhund, der sie anwedelte, und einem lieben, guten Menschen, der fortan der ihre war.

Sie ging neben ihm hin wie ein seliger Geist, und hätte er sie bei der Hand gefaßt und wäre mit ihr in den Himmel geflogen, sie hätte sich auch darüber nicht im geringsten gewundert.

Daß sie nun auch gemeinsam den Garten besuchten, geschah wie von selbst. Er zeigte ihr den Goldlack und den Reiherschnabel, und sie zeigte ihm den Ehrenpreis und die Studentennelke, und nur an dem Rautenbeet gingen sie schweigend vorüber.

III.

Zwei Tage später am frühen Morgen sagte der Jurris zur Marinke: »Die Mutter hat erlaubt, daß wir zusammen fischen dürfen.«

Sie fragte: »Wer wird die Kühe melken?«

Und er erwiderte: »Sie wird es selber tun.«

Als sie mit ihm das Netz auf den Handwagen lud, schämte sie sich sehr vor den Blicken, die sie auf sich gerichtet fühlte. Sie nahm sich auch nichts zu essen mit und sagte zu keinem: »Ich geh' nun.« Wie eine Übeltäterin machte sie, daß sie davonkam.

Er zog den Handwagen, und sie schob nach. Aber zu schieben war eigentlich nichts, denn die Räder drehten sich wie von selber.

Bis zum Haff geht man quer durch die Felder mehr als eine halbe Stunde. Zuerst war nichts davon zu sehen als ein rötlicher Nebel wie er morgens wohl auf den Wiesen liegt, dann aber brach das blaue Wasser durch, hoch über dem Rohr und dem Buschwerk, und zwischen Wasser und Himmel blänkerten in der Ferne die Sandberge der Nehrung, anzusehen wie ein Gürtelband von weißgelber Seide.

Marinke dachte: »Wie schön wird meine Heimat sein!« Sie wollte was sagen, aber sie traute sich nicht, denn er, der vor ihr ging, drehte sich nie nach ihr um.

Und so kamen sie dem Ufer immer näher.

Dort standen Schuppen errichtet, um die Kähne aufzunehmen, wenn die Zeit der Stürme drohte. Jetzt aber, bei stillem Sommerwetter, waren sie nicht einmal auf den Strand gezogen und schaukelten sich, an Pfähle gebunden, zwischen Grasbank und Röhricht.

Keiner von den andern, die die Fischgerechtsamkeit haben, war am Ufer zu sehen. Denn jetzt bei beginnender Ernte gab es zu viel auf den Feldern zu tun.

Und Marinke fühlte in beklommener Seele, daß auch *seine* Ausfahrt nur ihr zuliebe geschah.

Nun lud er das Netz aus dem Wagen, und sie half ihm dabei, obgleich es auch hier nichts zu helfen gab. Erst wie sie schon draußen waren, weit draußen im Blauen, wo nur die Ruder klatschten und die Kielwellen schälten, da forderte er sie auf, ihm beim Auswerfen zur Hand zu gehen.

Und sie verstand auch gleich, was zu tun war, so daß alsbald die »Pluden« – das sind die leichten Hölzer, die das Netz obenhalten – in schönem Bogen rings um sie herschwammen.

Nun kam die Zeit der Ausruhe, und die Sonne fing etwas zu stechen an.

»Du hast kein Tuch«, sagte er, »du wirst Kopfschmerzen kriegen.« Und er holte eine Ölkappe hervor, die sollte sie aufsetzen. Aber sie wollte nicht, denn sie fürchtete, er werde über ihr Aussehen lachen müssen. Und das sagte sie ihm auch.

Aber da begann er schon im voraus zu lachen und rief: »Hundertmal reichen nicht, daß ich dich in der Ölkappe sehen werde.«

Und ohne sich zu besinnen, *was* sie da sagte, entgegnete sie: »Aber dann werden wir auch verheiratet sein.«

Noch wie das Wort kaum heraus war, da schämte sie sich schon so sehr, daß sie sich am liebsten ins Wasser gestürzt hätte. »O Gott, o Gott«, dachte sie, »jetzt wird er mich für dreist und für zudringlich halten.« Und weil sie fühlte, daß sie ganz glutrot geworden war und immer noch röter wurde, drehte sie ihm den Rücken und machte sich klein.

Er – vom Steuer her – sagte: »Marinke, dreh dich doch um.«

Aber sie vermochte es nicht. Denn plötzlich stieg der Gedanke in ihr auf: »Es wird nicht sein – es kann nicht sein. Es ist zu schön für mich – und ich bin es nicht wert.«

Wie ein Herzbruch kam es über sie, so daß sie bitterlich zu weinen begann.

Der Jurris stand von seinem Platz auf und setzte sich neben sie, so dicht, daß ihr Rücken an seine Brust stieß.

Und er fragte sie, ob sie ihn denn wirklich nicht wolle, da sonst ja die Heirat kein Grund zu solchen Tränen sei.

Aber sie weinte nur um so heftiger.

Da schlang er von hinten her die Arme um ihren Hals, so daß ihr Kopf auf seine Schulter zu liegen kam. Sie drehte sich ein wenig nach ihm um, damit sie ihr nasses Gesicht nicht dem hellen Tag preiszugeben brauchte, und so lag sie an seine Jacke gedrückt und wurde wieder ganz still.

»Ach, wenn er mich doch küssen möchte!« dachte sie.

Aber er küßte sie nicht.

Und dann war es Zeit, nach dem Netz zu sehen. Viel brachte der Fang nicht. Ein paar Bleie, ein paar Plötze. Das war alles. Aber sie kümmerten sich nicht darum, und schließlich lachten sie gar darüber.

Als sie den Wagen heimwärts fuhren, schob sie nicht mehr wie in der Frühe, sondern schritt an seiner Seite und zog mit ihm. Aber da es beim besten Willen auch jetzt nichts zu ziehen gab, legte er seinen freien Arm um ihre Hüfte, so daß er ihren Arm von der Deichsel abdrängte. Und darum gab es des Lachens kein Ende.

Doch zu Hause taten sie wieder ganz ernst, und als die künftige Schwiegermutter ihnen das Frühstück auftischte, wollte sie es nicht dulden und küßte ihr Ärmel und Rocksaum.

Da sagte die Enskene mit einem freundlichen Lächeln: »Was ihr gefischt habt, ist ja nicht viel, und doch hat mein Jurris einen guten Fang gemacht.«

Der alte Enskys aber ging mit mißtrauischen und ängstlichen Blicken um beide herum, so daß auch der Marinke wieder ganz angst ward. »Ob er was weiß?« dachte sie.

Aber dann hätte er wohl nicht gewollt, daß sie »auf Prob'« ins Haus kam.

Und darum ging sie wieder beruhigt an ihre Arbeit.

IV.

In dieser Woche hatte der Jozup Wilkat eigentlich nichts mehr auf dem Hof zu tun, denn das Milchabholen besorgte ein anderer. Aber trotzdem sah man ihn morgens und abends. Einmal hatte er sich einen Bohrer geborgt, den er zurückbringen mußte, ein andermal war ihm die Wagenschmiere ausgegangen, und schließlich kam er ganz ohne Grund, setzte sich neben den Jurris auf eine Deichsel und rauchte manchmal drei Pfeifen aus.

Daß man den jemals einen »Bedraugis« genannt hatte, war zum Verwundern.

Der Jurris wußte nicht recht, wie er zu der neuen Freundschaft gekommen war, die eigentlich schon seit zwanzig Jahren hätte bestehen müssen, aber da sie ihm plötzlich vom Himmel fiel, ließ er es sich gefallen.

Der Jozup, den alle für störrisch und abstoßend gehalten hatten, war gar nicht so schlimm. Er wußte Geschichten und Lieder die Menge, und wenn man die Auflösungen seiner Rätsel erfuhr, konnte man sich vor Lachen den Bauch halten.

Darum kamen auch die beiden Alten häufig dazu, und nur die Marinke machte sich ungern in seiner Nähe zu schaffen. Nicht daß er ihr einen Widerwillen eingeflößt hätte. Wenn sie ihn kommen und gehen sah mit seinen strammen Beinen und seiner pröpschen Kopfhaltung, gefiel er ihr immer ganz gut, aber die Herzbeklommenheit, die sie schon in Augustenhof manchmal befallen hatte, wenn er auf dem Milchwagen vorfuhr, verließ sie auch jetzt nicht. Zuweilen dachte sie: »Der wird mir gewiß einmal ein Leid antun.« Aber ein bißchen Angst vor den Männern hatte sie ja wohl immer, seitdem sie erfahren hatte, wie wenig ein armes Mädchen vor ihrem starken Willen vermag.

Und sie brauchte auch nur nach dem Jurris hinüberzublicken, um zu wissen, wie gut geborgen sie war und daß jener ihr niemals würde zu nah kommen können.

Eines Spätabends beim Weggehen blieb der Jozup am Gartenzaun stehen und rief zu ihr herein: »Du, richt dich mal auf!«

Sie wollte erst nicht, denn sie zog gerade Mohrrüben aus der Erde für morgen mittag, aber sie mußte es dann doch tun.

»Warum hältst du dich so weit ab von mir?« war seine Frage. »Ich beiß' dich nicht. Ich beiß' bloß in Rindfleisch.«

»Ich bin die Magd hier«, gab sie zur Antwort, »und ich habe zu tun.«

»Wenn du von Magd sprichst«, sagte er, »dann lachen die Hühner. Ich weiß am besten, wie bald du hier Herrin sein wirst.«

»Wenn du das weißt«, entgegnete sie, »dann wart hübsch, bis ich das Recht hab', mit dir zu reden.«

»Ich glaube nicht, daß dir Stummheit auferlegt ist«, sagte er, »und ich habe auch eine Bestellung an dich.«

Sie erschrak, aber sie nahm sich zusammen. »Wenn es wieder von Herrn Westphal ist«, entgegnete sie, »dann sag ihm nur, sobald die Reihe an uns ist, würde ich kommen – und früher nicht!«

Aber diesmal war es was anderes.

»Meine Mutter leidet an der Knochenkrankheit«, sagte er. »Sie hat gehört, daß du eine heilkräftige Hand hast, und bittet dich, sie ihr einmal aufzulegen. Bei *der* Gelegenheit könntest du dir gleich unsere Wirtschaft besehn.«

Ihr wurde ganz heiß von dem allen.

»Wer das gesagt hat von meiner Hand«, entgegnete sie, »der erfindet sich Lügen, denn ich weiß nichts davon. Und was ich an eurer Wirtschaft zu sehen hätte, das weiß ich noch weniger.«

Damit bückte sie sich nach dem Gelbrübenbeet hinunter und sah ihn nicht mehr an.

Er stand noch eine kleine Weile, und ihr war, als fühle sie seine Blicke auf ihrer Haut; dann wünschte er »Guten Abend« und ging von hinnen.

»Mein Gott, mein Gott!« dachte sie. »Trachtet der auch nach mir?« Aber das konnte nicht sein! Würde er sich alsdann den Jurris zum Freund ausgesucht haben?

Nach einer Weile hörte sie dessen Schritte den Mittelsteg herabkommen, und ihr Herz flog ihm entgegen. Sie dachte: »Wie kann man einen bloß so rasch liebhaben!« Aber sie blickte nicht auf und beklopfte die Möhren nur um so fleißiger.

Er blieb hinter ihr stehen und sagte: »Kannst du dir denn gar nicht genug tun? Es ist halbdunkel und Schlafenszeit, und du arbeitest noch immer.«

Sie stand auf und wischte das Schrapmesser an ihrer Schürze ab. »Du mußt nicht glauben«, sagte sie, »daß ich mich zeigen will vor dir oder den Eltern. Aber wenn ich daran denke, daß es vielleicht auch bald *meine* Erde ist, auf der ich da knie, dann wird mir der Abend zum Morgen und die Arbeit zum Spiel.«

Er sagte: »Wir haben uns immer noch nicht richtig miteinander versprochen.«

»Nein«, sagte sie, »das haben wir noch nicht.«

Und sie schickte sich an, den Korb mit den Gelbrüben ins Haus zu tragen.

Aber er nahm ihn ihr aus der Hand und führte sie den Mittelsteg weiter zu dem Eschenbaum, unter dem die Bank stand für Mittagsruh' und für Feierabend.

Dort unter den hängenden Zweigen war es fast Nacht, und wer einen auffinden wollte, den sah man schon lang' auf dem helleren Steg daherkommen.

Der Jurris stellte den Korb auf die Erde und setzte sich neben sie. Ihre Hand ließ er nicht los und nahm auch die andere dazu.

»Weißt du, was der Jozup heute gesagt hat?« begann er das Gespräch. »Wenn wir Hochzeit machen, möcht' er Brautführer sein.« Sie konnte ihm doch nicht sagen, daß sie Angst vor dem Jozup hatte, denn ihr war ja nichts Böses von ihm geschehen, und darum meinte sie nur: »Soweit ist es ja noch nicht.«

Er antwortete: »Warum nicht? Wenn *du* mich willst, *ich* will dich. Ich hab' dich schon immer gewollt.«

Und sie erwiderte: »Ich will dich gern.«

Nun saßen sie eine Weile ganz still. Sie lehnte den Kopf an seine Schulter, und er lehnte die Backe an ihren Kopf. Und sie dachte: »Warum küßt er mich immer noch nicht?«

Nicht daß sie unzufrieden gewesen wäre oder ihn für linkisch gehalten hätte, aber sie hatte so große Sehnsucht nach ihm. Darum schob sie auch ihren Kopf sachte, ganz sachte immer weiter nach hinten, so daß erst ihre Backe auf seiner Backe und dann ihr Mund fast ganz auf seinem Mund lag.

Da mußte er es wohl tun, und es war wie ein Schaudern und wie ein Schlag. Und wie eine ängstliche Erinnerung war es und auch wie eine neue Angst.

Aber dann kam um so stärker die Seligkeit. Sie wußte nicht mehr, wieviel von ihrer Seele und ihrem Leib noch ihr selbst gehörte, sie wollte ihm immer noch mehr von sich schenken und immer noch mehr die Seinige sein.

Doch da schien es ihr, als höre sie irgendwo rings ein Geräusch, und es war doch niemand den Steg heruntergekommen.

Darum sprang sie auf und sagte: »Komm. Es ist nicht mehr sicher hier.« Und wünschte ihm rasch »Gute Nacht« und lief stracks nach der Klete, wo ihre Kammer gelegen war.

Aber schlafen konnte sie nicht, denn sie dachte, es würde nicht lange mehr dauern, dann würde er nachgefolgt sein. In dem Nebenraum schnarchte die Taglöhnerfrau. Derentwegen hätte er es ruhig auf sich nehmen können.

Sie horchte und horchte nach der Türklinke hin, aber die rührte sich nicht. Statt dessen war es ihr, als ob draußen im Hof leise, ganz leise Schritte sich regten, die zwischen Wohnhaus und Klete unaufhörlich hin- und herliefen.

»Der Arme!« dachte sie. »Er traut sich nicht. Ich muß es ihm leichter machen.«

Und darum stand sie auf und öffnete sacht den oberen Teil der Tür nur eine Handbreit weit. Gott sei Dank, daß der Spalt nicht größer geriet. Denn als sie den Kopf für einen Augenblick durchgesteckt hatte, wurde ihr gleich offenbar, daß der, der da draußen im Sommernachtschein ruhelos umherging, nicht etwa der Jurris, sondern sein Vater war, der wider Recht und Gewohnheit lauerte, damit, was sich liebte, nicht zueinanderkam.

V.

Wider Recht und Gewohnheit! Gewiß. Denn wenn eine Braut, die »auf Prob'« ist, sich mit dem Bräutigam einig geworden ist, dann ziehen sie womöglich in eine Kammer, und keiner kümmert sich drum.

Aber hier geschah folgendes: Als am nächsten Vormittag der Jurris vom Feld kam, um kaltes Braunbier zum Trinken zu holen – denn draußen beim Mähen und Binden starben sie alle vor Durst –, da fand er, als er den Rückweg antreten wollte, den Vater, der sich schon gern die Ruhe gönnte, wartend im Hausflur stehen.

»Komm doch mal 'rein«, sagte er.

Der Jurris stellte den Topf in den Schatten, und als er in die Stube trat, was sah er da?

Der große Tisch war mit einem weißen Handtuch bedeckt. Darauf standen zwei brennende Lichter, und zwischen ihnen lag das Gesangbuch.

Der Alte war barhaupt und hatte die Schlorren nicht an und sah furchtsam und heimlich aus.

»Nimm deine Mütze ab«, sagte er.

Der Jurris tat verwundert, wie ihm geheißen war.

Und der Vater fuhr fort: »Als die Marinke ins Haus kommen sollte, sagte ich zu dir: Kennenlernen müssen sich die Menschen, die beieinander bleiben wollen ein Leben lang. Aber erst verlangte ich von dir das Versprechen, daß du ihr nicht zu nahe kommen wollest, solange die Hand des Pfarrers nicht auf eurem Kopf gelegen hat. Und das gabst du mir auch.«

»Ich wußte nicht, wie das ist, Vater«, fiel ihm der Jurris ins Wort, »wenn die Braut einem so dicht neben beiwohnt.«

»Und die Herren vom Gericht wissen es noch viel weniger«, gab der Vater zur Antwort, »denn es sind Deutsche. Und die Deutschen haben von Gott eine andere Vernunft bekommen als wir. So hat es sich vor etlicher Zeit auf dem Tilsiter Schwurgericht zugetragen, daß ein alter, ehrbarer Besitzer, der sein Lebtag nicht um Haaresbreite vom Pfad der Tugend gewichen war, ein Jahr Zuchthaus – nicht Gefängnis, mein Sohn, sondern Zuchthaus – gekriegt hat, weil sein Sohn und die Braut, die auch auf Prob' war, genau wie die Marinke, unter seinem Dach zusammen geschlafen haben. Er hat geweint und geschworen, es sei alles in Ehren geschehen, denn im Herbst sollt' ja die Hochzeit sein, und zu der Aust könnt' man zwei fleißige Händ' nicht entbehren; aber unbarmherzig, wie die Deutschen sind, haben sie dem alten Mann die Ehre genommen und haben ihn eingesperrt zusammen mit Räubern und Mördern.«

»Das kann nicht sein!« rief der Jurris voll Empörung. »Das wär' ja die schlimmste Gewalttat!«

»Die Deutschen nennen's Gerechtigkeit«, sagte der Vater, »und untereinander strafen sie sich genauso. Nun möchte ich aber auf meine alten Tage nicht auch in das Scheuchhaus kommen, denn Aufpasser gibt es ja überall. Und weil ich gestern abend gesehen habe, daß es soweit mit euch ist, weiß ich nur zwei Wege, mich vor Angst und Unglück zu retten: entweder ich schick' sie solang' zu den Eltern zurück –«

»Das geht ja nicht, Vater«, rief der Jurris entsetzt, »das würde aussehen, als wollten wir sie nicht haben.«

»– oder du schwörst mir hier auf das heilige Gotteswort, daß du dich ihrem Leib fernhalten wirst bis zu dem Tag der Hochzeit. Und niemand, selbst deine Mutter nicht, wird davon wissen.«

Das kam den Jurris hart an, aber was sollte er machen? Und er schwor zwischen den Lichtern, die Hand aufs Gesangbuch gelegt, was der Vater verlangte. Und daß, wenn er den Eid verletze, Gott ihn mit Drangsal und Tod heimsuchen wolle, das schwor er auch, genau wie der Vater es vorsprach.

Und dann brachte er das warm gewordene Braunbier aufs Feld hinaus.

Die Marinke, die in Rock und Hemd schwer atmend dastand, griff nach dem Krug, als ob er ein Glückstopf gewesen wäre. Aber ihm war, als tränke sie Trübsal daraus.

Nachher zur Mittagspause, als die Mäher alle im kargen Schatten zweier Weidenstümpfe lagen, rückte er so weit von ihr ab, daß sie sich erstaunt nach ihm umsah; aber sie dachte, daß es der Leute wegen geschehe, und darum beruhigte sie sich wieder.

Auch beim Nachhausegang schritt er nicht etwa an ihrer Seite, sondern machte sich mit den kleinen Steinen zu schaffen, die in den Wagenspuren lagen.

Und immer und immer wich er ihr aus, so daß sie schließlich ganz krank war.

Aber sie hatten sich ja miteinander versprochen. Darum zweifelte sie auch nicht an seiner aufrichtigen Meinung, und nur die große Sehnsucht nach ihm war es, die sie krank machte.

So kam der Montagabend heran, an dem der Enskyssche Wagen zum ersten Male wieder die Milch der fünf Wirte nach Augustenhof zu bringen hatte. Seit langem war ausgemacht worden, daß Marinke mit dem Jurris mitfahren solle, um dem Verlangen ihres früheren Brotherrn nicht länger entgegenzustehen.

Sie könne mit leichtem Herzen fahren, sagte sie zu ihrer künftigen Schwiegermutter, denn sie habe die Bücher aufs genaueste geführt, und nur ein Irrtum des Schweizers, der ihr Nachfolger war, könne schuld daran sein, daß etwas nicht stimmte.

Aber in Wahrheit war das Herz ihr schwer – wenn auch nicht wegen der Bücher.

Sie schmückte sich mit Sorgfalt, flocht bunte Bänder durch die Zöpfe und legte ein seidenes Gürtelband an, dessen Sprüche sie selber eingewebt hatte. Und wenn sie daran dachte, daß sie nun zwei Stunden lang in der roten Dämmerung mit dem Jurris allein durch die Welt fahren sollte, so verschwand daneben alles andere, wovor ihr wohl bangte.

Aber siehe da! Als die Stunde des Einsammelns kam, war der Jurris nirgends zu finden. Die Milchgefäße der Wirtschaft standen aufgeladen, und auch die der anderen Wirte warteten sicher schon lange, aber alles Rufen nach ihm blieb vergeblich.

»Dann wirst du wohl allein fahren müssen, mein Täubchen«, sagte die Schwiegermutter. Sie erschrak sehr und weigerte sich. Und viel mehr Tränen weinte sie, als die kleine Fahrt wert war. Da kam auch der Alte herzu, und wie er nun einmal war, fing er sogleich zu quengeln an. »Was machst du für ein Wesen?« sagte er. »Es scheint, daß du dich fürchtest, weil du mit Pferden nicht umzugehen verstehst.«

Das kränkte die Marinke natürlich aufs tiefste, denn den Litauer oder die Litauerin möchte ich sehen, die die Pferde nicht wie ihre Gespielen betrachten. Das Reiten und Fahren können sie alle womöglich noch früher, als sie das Gehen gelernt haben.

Darum erwiderte die Marinke auch nicht ein Wort, sondern biß nur die Lippen zusammen, stieg auf und fuhr vom Hofplatz herunter.

Der Schwiegermutter tat es leid, daß ihr Mann so häßliche Reden geführt hatte, und deshalb ging sie hinter dem Wagen her, um, wenn es sich machte, der Marinke was Tröstliches mit auf den Weg zu geben.

Aber sie holte sie nicht mehr ein, und nur von weitem konnte sie sehen, daß, als der Wagen bei den Wilkats hielt, die Alte trotz ihrer gichtbrüchigen Glieder flink auf die Achse stieg und die Marinke abrutschte, wer weiß wie sehr.

Und sie ärgerte sich noch, denn sie dachte: »Was hat die alte Wölfin ihr Maul an der Marinke abzuwischen?«

Eine Stunde später sah sie den Jurris wieder zum Vorschein kommen. Er sei auf dem Haff gewesen, nach den Aalreusen zu sehen, sagte er zu seiner Entschuldigung. Und als sie ihm Vorwürfe machte und weiter in ihn drang, erwiderte er nur noch: »Frage den Vater.«

Aber der wußte von gar nichts. Und beide Männer gingen zur Ruhe. Sie hingegen konnte nicht schlafen, ehe die künftige Tochter wieder zu Hause war.

Darum bereitete sie das Abendbrot, setzte sich unter den Lindenbaum, ließ auch die Lampe brennen am Herd und schloß nur die Tür gegen die Mücken.

Der Mond ging auf, und der Nachtwind streichelte sie gleichwie ihr Slinka, der alte Kater. Sie wartete und wartete, aber die Marinke kam nicht.

Endlich gegen halb zwölf hörte sie einen Wagen langsam, langsam näher knarren. Die Räder mahlten, und die Achsen schlackerten.

»Sie wird eingeschlafen sein«, dachte sie, »und die Pferde machen es sich zunutze.«

Aber als sie die Marinke auf dem Sitzkasten sah, mit großen Augen nach dem Mond hinstarren und dann absteigen ohne »Wie geht's?« und »Guten Abend«, da wußte sie, sie hatte nicht geschlafen, sondern ihr war etwas geschehen.

Sie liebkoste sie und sagte: »Du bist müde, mein Töchterchen, darum iß einen Bissen und lege dich nieder. Ich selbst werde ausspannen statt deiner.«

Und die Marinke ließ es auch zu.

Als die Mutter hereinkam, saß sie am Herd und kaute. Aber es war, als täte sie's nur, weil man es ihr befohlen hatte. Jetzt, da das Lampenlicht auf ihr lag, ließ sich erkennen, daß sie von Gesicht ganz weiß war, bloß daß unter den Augen zwei Flecken brannten.

Die Mutter umarmte sie und sagte: »Gestehe, was dir begegnet ist.«

Und sie erwiderte immer ins Leere hinaus: »Es hat nicht gestimmt.«

»Um wieviel hat es nicht gestimmt?« fragte die Mutter.

Sie besann sich einen Augenblick und erwiderte dann: »Mehr als fünfzig Mark sind es, die fehlen.«

Da lachte die Mutter und sagte: »Die schick' ich noch in der Frühe und lege fünfzig als Zinsen dazu. Die kann sich der Wieszpatis sauer kochen.«

Und die Marinke entgegnete heftig: »Um das Geld ist es nicht. Das hat er mir gleich geschenkt. Der Verdacht ist es – die Schande ist es, daß der Schweizer nun sagen wird: ›Eine lüderliche Kröt' ist vor mir im Amte gewesen.‹ Oder er sagt gar noch Schlimmeres.«

Die Mutter schalt sie, daß sie sich mit so unnützen Sorgen abgab, aber in ihrem Innern freute sie sich darüber, daß Gottes Gnade ihrem Jurris eine so rechtschaffene Frau hatte bescheren wollen.

Und sie sagte: »Morgen fahr' *ich* mit der Milch, und wenn ich deinen Herrn Westphal seh', dann sag, ich ihm ordentlich die Meinung, weil er ein ehrliches Mädchen in schändlichen Ruf gebracht hat. Ja, das werd' ich tun und fürcht' mich nicht im geringsten.«

Als sie das sagte, hatte die Marinke zuerst ein sehr erschrockenes Gesicht gemacht. Dann aber lächelte sie ein weniges, wie man zu Kinderworten wohl lächelt. Dem Herrn Westphal trat kein Mann und keine Frau mit Vorwürfen unter die Augen. Dem nahte man höchstens mit einer Bitte im Mund.

Nicht ohne Grund nannten die Leute ihn weit und breit den »Wieszpatis«. Das heißt auf deutsch »König und Herrscher«. Und der liebe Herrgott heißt auch so.

VI.

Am nächsten Morgen benahm sich die Marinke fast wieder so wie gewöhnlich.

Sie küßte der Mutter den Ärmel und gab dem Jurris die Hand. Aber warum er sich gestern versteckt hatte, danach fragte sie nicht. Sie fragte überhaupt nichts mehr, sondern ging still an die Arbeit.

Die Tage verflossen. Der Roggen kam trocken herein, und Erbsen und Gerste nicht minder. Es war ein Jahr, gesegnet, wie wenige sind. Keine Trespe und kein Brand, nichts Ausgewintertes und nichts Enthülstes.

»Die Laumen meinen es gut mit uns«, sagte die Mutter, »seit das Kind bei uns wohnt.«

Und der Vater sagte: »Wenn nur nicht –«. Aber das weitere verschwieg er.

Zwischen der Marinke und dem Jurris wurde es nie mehr so, wie es gewesen war. Sie gingen wohl freundlich nebeneinander her und sprachen auch, was der Augenblick brachte, aber zusammen allein zu sein, das suchte der eine nicht und auch nicht der andere.

Und jeder grämte sich auf seine Art.

Wenn die Marinke sich unbeobachtet glaubte, dann hing sie mit fragenden und ängstlichen Blicken an seinem Angesicht, und er wieder ging um sie 'rum wie ein Dieb und scheute sich, sie zu berühren.

Auch von der kommenden Hochzeit war nie mehr die Rede. Höchstens, daß die Mutter einmal von der Aussteuer sprach und zu wissen begehrte, was das Elternhaus ihr wohl mitgab.

Der Jozup kam Tag für Tag. Wenn der Feierabend nahte, dann war er da. Und beide Freunde saßen vorm Pferdestall und rauchten oder aßen unreife Äpfel.

Einmal, als die Marinke das Rindvieh von der Weide heimtrieb, tauchte der Jozup neben ihr auf und begann ein Gespräch.

»Hast du auch schon den Schwiegereltern das Stück Brautlein-
wand geschenkt«, sagte er, »und Rautenblüte hineingelegt?«

»Warum sollt' ich das?« fragte sie. »Ich bin die Magd hier und
sonst nichts.«

»Das hast du mir schon einmal gesagt«, erwiderte er. »Es ist Zeit,
daß du freundlicher zu mir wirst, denn ich bin drauf und dran, dir
die Hochzeitsgäste zusammenzubitten.«

»Ich weiß von keiner Hochzeit«, erwiderte sie.

Er stieß ein Gelächter aus. »Aber im Leib sitzt sie uns schon, als
hätten wir Tollwasser gesoffen. Ich lieg' bis zum Morgen und denk'
an die Braut und die Brautnacht und soll doch bloß der Brautführer
sein. Vom Jurris red' ich nicht, der schwitzt Öl vor Angst, wenn er
daran denkt, die Junggesellenschaft zu verlieren, aber du, mein
Tausendschönchen, du siehst mir nicht danach aus, als ob dir sehr
davor graute, über ein Heunetz geworfen zu werden. Bloß, er tut es
nicht, der ehrbare Bräutigam. Vielleicht nimmt er sich einen Vertre-
ter.«

Der Weg war schmal, darum mußte sie das lästerliche Gerede an-
hören, und als sie es ihm gerade verweisen wollte, da kam ihr mit
eins der Gedanke: »Vielleicht weiß er mehr von mir, als mir gut ist;
sonst könnte er gar nicht so dreist sein.«

Und sie fürchtete sich so sehr vor ihm, daß sie nur den Kopf senkte und ihn reden ließ, was er wollte.

Auch dem Jurris sagte sie nichts, obwohl sie innerlich wünschte,
er möchte ihn mit der Peitsche vom Hof hinunterjagen.

Und bald darauf kamen Tage voll neuer Herzensangst. Die
drückten noch härter als alles, was vordem gewesen war.

Sie lief von der Arbeit weg und versteckte sich in der Scheune,
um in den Garben nach Brandkörnern zu suchen, sie irrte im Dorf
umher, ob nicht irgendwo ein Sadebaum sich über den Zaun hin-
streckte, und ihre Füße waren verbrüht von kochendem Wasser.

Nachts lag sie auf den Knien und betete, aber bei Tag machte sie
freundliche Augen. Mit denen täuschte sie alle, nur die Schwiegermutter täuschte sie nicht.

Die legte eines Tages die Arme um ihren Hals und sagte: »Mein Täubchen, du bist nun bei uns schon bald sechs Wochen, und ich habe dich wohl geprüft. Wenn ich dir sage, daß ich dem Jurris nichts Besseres wünsche als dich, so weißt du, wie ich gesonnen bin. Aber uns Frauensleuten spielen die Männer oft so schlimme Streiche, daß wir ins Unglück kommen und wissen nicht wie. Darum, sollte es dir vielleicht ebenso gegangen sein, nimm deinen Mut zusammen und suche gutzumachen, was sich noch gutmachen läßt. Auf etwas Täuschung kommt es dabei nicht an, nur muß man den Knaben liebhaben, wenn man ihn täuscht.«

Wie die Mutter diese Worte gemeint hatte, vermochte Marinke nicht zu ergründen, aber gute Wirkung taten sie doch. Denn nun hörte sie auf, in Verzagtheit am Boden zu knien, und sann darüber nach, wie sie dem Jurris wieder nahkommen könne. Leicht war das nicht, denn in den Garten ging er zum Feierabend nie mehr, und nie mehr wollte er einen Gang mit ihr machen.

Am nächsten Sonntag, so um die Dämmerstunde, hörte sie, wie er zum Alten sagte: »Ich bin schon lange nicht mehr am Ufer gewesen, ich muß einmal nach dem Kahn und dem Schuppen sehn.«

Wäre alles zwischen ihnen gewesen wie früher, so hätte er jetzt zu ihr gesagt: »Komm mit!« und wäre mit ihr an der Hand durch das Hoftor gegangen. Aber statt dessen schlich er sich um die Scheune herum und kroch durch die Zäune und blickte verstohlen zurück, ob es auch niemand bemerke.

Da sagte sie sich: »Ich tu's.« Und ging ihm nach. Aber sie ließ eine weite Entfernung, so daß seine scharfen Augen sie nicht erkennen konnten, sonst hätte er womöglich einen anderen Rückweg genommen.

Als sie wohl eine Viertelstunde gegangen war, setzte sie sich auf den Grabenrand und wartete.

Die Dunkelheit fiel herab, und rings um sie sangen die Heimchen. Da schämte sie sich sehr, daß sie mit schiefen Gedanken im Kopf hinter ihm herlief. Wäre es wie früher aus großer und reiner Liebe geschehen, so hätte sie sich kein Gewissen gemacht, aber nun die Not sie zwang, kam sie sich als eine Betrügerin vor. Dabei fühlte sie wohl, daß ihr Liebe zu ihm nur noch größer und reiner war. Aber es hätte ihr keiner geglaubt. Und auch sie selber glaubte es kaum.

So verging eine geraume Zeit, da hörte sie seine Schritte näherkommen. Beinahe wäre sie jetzt noch weggelaufen, aber sie zitterte so sehr, daß sie die Kraft zum Aufstehen nicht finden konnte.

Er blieb vor ihr stehen und fragte: »Wer ist da?«

Und sie fragte: »Wie kommst *du* hierher?«

Da erkannte er sie und sagte: »Es wird dir zwar keiner was tun, aber Sitte ist es nicht, daß die Mädchen am Sonntagabend allein in den Wiesen herumlaufen.«

Sie erwiderte: »Was soll ich machen? Eine Freundin habe ich nicht, und der, der sich um mich kümmern sollte, der unterläßt es.«

Er fragte: »Meinst du mich?«

Und sie erwiderte: »Nein, ich meine den Jozup.«

Da setzte er sich neben sie und sagte: »Du hast recht, Marinke, daß du mir Vorwürfe machst. Ich weiß, ich habe nicht gut an dir gehandelt, aber was sollte ich tun? Der Vater verlangt es so und hat mir einen schweren Eid abgenommen.«

Sie zuckte die Achseln und sagte: »Was ist ein Eid? Für dich schwör' ich fünftausend, und wenn sie zufällig falsch sind, dann lach' ich.«

Er antwortete: »Dies war kein gewöhnlicher Eid, wie man ihn etwa vor Gericht schwört. Der ging um *meinen* Tod und um *deinen* Tod, und zwei Lichter brannten rechts und links vom Gesangbuch.«

Sie sagte: »Dein Vater könnte auch was Besseres tun, als zwei Liebesleute zu ängstigen.«

Und dann fragte sie ihn, ob es darum gewesen war, daß er sich bei jener Fahrt nach Augustenhof vor ihr versteckt hatte.

Er sagte: »Ja«, und sie legte den Kopf auf seine Knie und schluchzte. Sie dachte nicht mehr an das, was sie mit ihm vorhatte, nur sattweinen wollte sie sich.

Dem Jurris kostete es große Mühe, sie wieder in die Höhe zu kriegen, und dann küßte er ihr die Tränen von den Backen und weinte mit ihr.

Sie wollte ihm wehren, denn sie dachte: »Ich taug' ja nichts mehr«, aber sie war so glücklich, wieder bei ihm zu sein, daß sie den Mut dazu nicht fand.

Als sie heimgingen, hatte jeder den Arm um des anderen Hüfte gelegt, und der Jurris sagte: »Jetzt ängstige ich mich nicht mehr vor dir, denn ich weiß, es *kann* nichts Böses geschehen.«

Das gab ihr einen Stich durch die Brust, denn es *mußte* ja was Böses geschehen.

Heut' oder nächstens. Und ob es auf Tod oder Leben ging – gleichviel.

Von neuem hub sie an, den Eid ins Lächerliche zu ziehen. Diesmal aber tat sie's mit guter Berechnung. Und sie küßte ihn wieder und wieder und merkte mit Freuden, daß er schwindlig wurde und wankte.

Als sie auf den Hof gelangten, war alles schon dunkel und still.

Er konnte sich nicht von ihr trennen, und sie dachte bereits, er würde bitten, ihn mit sich zu nehmen in die verschwiegene Stube, aber da riß er sich los und floh ins Haus, als säße der Böse ihm auf den Hacken.

Sie kniete vor ihrem Bett nieder, wie sie schon manche Nacht gekniet hatte. Und betete und rang mit sich und horchte ab und zu, ob die Klinke sich nicht bewegte.

Die Taglöhnerfrau schlief fest, aber selbst wenn die sie hörte, was tat ihr das noch?

Und dann stand sie auf. Und da er noch immer nicht kam, trat sie den schweren Gang an nach seiner Kammer.

VII.

Das war am Sonntag. Am Sonnabend darauf kam der Jurris zu dem Alten in die Stube und sagte: »Ich möchte dich in Gehorsam bitten, Vater, daß die Hochzeit etwas frühzeitiger stattfinden kann.«

Der Alte blickte von der Bibel auf , in der er las, und sagte: »Du hast wohl deinen Eid gebrochen?«

Und der Jurris erwiderte: »Ja, ich habe meinen Eid gebrochen.«

Da geriet der Alte in großen Zorn und rief: »Dafür strafe dich Gott!«

Der Jurris senkte den Kopf und sagte: »Gott wird mir vielleicht vergeben, denn es war gar zu schwer.«

Der Alte aber schrie: »Nein Gott wird dir *nicht* vergeben. Ebensowenig, wie *ich* dir vergebe, daß du mich in so große Ungelegenheit gebracht hast.«

Und er lief auf seinen Schlorren umher wie ein Rasender.

Nach einer Weile sagte er weiter: »Natürlich muß die Hochzeit früher stattfinden. So früh als möglich muß sie stattfinden, damit nicht vielleicht hinterher ein Stein auf mich geworfen wird. Aber das sage ich dir: Kummer und Drangsal werden mit euch zu Tische sitzen, und der Tod wird hinter euch stehen, weil du den Willen Gottes so wenig geachtet hast, und den Willen deines Vaters noch weniger.«

Da ging der Jurris traurig hinaus und sprach mit keinem ein Wort, nur daß er zur Marinke, die in Ängsten stand, im Vorübergehen sagte: »Er hat es erlaubt.«

Und alsbald erhob sich im Hause ein großes Rumoren, denn die Vorbereitungen zur Hochzeit sollten sogleich beginnen.

Das Aufgebot war bestellt beim Standesamt sowohl wie beim Pfarrer, und der Jozup erschien am hellen Vormittag auf einem mit Bändern geschmückten Pferd und selber mit Bändern geschmückt an Achseln und Hutrand. Dem reichte die Mutter eine lange Liste hinauf in den Sattel von allen den Gästen, die zu der Hochzeit zu laden waren.

Und die Marinke wurde geschickt, ihm den Festtrunk zu zapfen. Als sie das Glas zu ihm hochhob, packte er es so gierig mit seinen Händen, daß sie die ihren nicht lösen konnte. Und so hielt er sie fest und sagte: »Wenn ich nun losreite, dann mußt du mit und kommst nicht mehr frei bis ans Ende der Welt.«

Und sie sagte erschrocken: »Dann wärst du ein schlechter Hochzeitsbitter.«

Er trank und sprengte lachend davon, sie aber fühlte seine Hände brennen bis gegen Abend.

Es war gerade die Zeit der Hafereinfuhr und des ersten Pflügens, aber beides mußte hintangestellt werden, weil es im Haus so viel zu tun gab.

Und die Leute im Dorf wunderten sich und sagten: »Die Marinke ist doch erst so kurze Zeit hier; sollten die beiden schon vorher miteinander gekramt haben?«

Es war ein Glück, daß er Alte durch keinen erfuhr, daß er gerade das Gegenteil davon erreichte, was seine Absicht gewesen war; er hätte sich sonst vielleicht den Schlag an den Hals geärgert. Der Jurris aber erfuhr's. Dem steckte es der Jozup nur allzubald.

Und obgleich im Grunde ja nichts dabei war, so grämte er sich doch immer noch mehr und dachte in seinem Herzen: »Sollte so das Unglück bereits beginnen?«

Und der Jozup bestärkte ihn noch und warf immer neue Kohlen ins Feuer.

Die Marinke hingegen versuchte ihn zu trösten und sagte: »Wenn zweie sich liebhaben, für die gibt es kein Unglück und kein Verschulden, denen steht Gott zur Seite und nimmt den Eidbruch von ihrer Seele und noch viel Schlimmeres.«

Sie war nun wieder ganz obenauf, und wenn sie ihn heimlich im Arm hielt, vergaß sie alles, auch daß sie vor kurzem noch so große Angst gehabt hatte. Dabei arbeitete sie für drei, und Töpfe und Eimer und Garben und was sie zu fassen bekam, flog wie Spielzeug durch ihre dankbaren Hände.

Der Jurris aber hielt's mit dem Müßiggang. Sie mochte ihm noch so viel zureden, seine Arbeit wurde nur halb getan, und wäre nicht glücklicherweise ein Scharwerker zu mieten gewesen, wer weiß, ob der Hafer nicht ins Faulen gekommen wäre. Dafür trieb er sich um so mehr auf dem Haff herum. In einer Zeit, in der keiner, der Landwirtschaft hat, ans Fischen nur denken kann, machte er sich morgens und abends draußen zu schaffen.

Der Frühherbstregen setzte ein, und oft kam er naß bis auf die Knochen vom Ufer nach Hause. Aber im Käscher hatte er nichts. Nur auf das Draußensein kam es ihm an.

Die Marinke küßte ihm beide Hände und sagte: »Jurris, Jurris, es tut dir ja keiner was.« Aber auch das half nicht viel.

Eines Morgens wehte stark der »Aulaukis«, der Südwest, den die Fischer nicht mögen, besonders wenn Regen als Zugabe kommt.

Als die Marinke hinaussah, dachte sie: »Nun, heute wird er wohl nicht gefahren sein«, aber wen sie zum Frühstück nicht finden konnte, weder im Hof noch auf dem Feld, das war der Jurris.

Die Vormittagsstunden vergingen, und sie dachte: »Um Gottes willen, wo bleibt der Jurris?«

Und als er zum Mittagbrot noch nicht da war und auch die Mutter das Fürchten bekam, da hielt sie sich nicht länger, sondern sprang von der Mahlzeit auf und rannte hinaus und dem Strand zu.

Schon als sie quer durch die Wiesen lief, erkannte sie: Das war kein Wind mehr, das war ein Sturm. Und der Regen bohrte wie Hagelschlacken.

Die Tür des Schuppens schlug auf und zu, und der Handkahn war weg.

Vom Haffwasser ließ sich nicht viel erkennen, deren die Regenwolken strichen ganz niedrig darüber hin, aber die Strandwellen gingen so hoch, als wollten sie jeden auffressen, der ihnen zu nah kam, und das Rohr schrie, als hätte es eine Menschenstimme bekommen.

Die anderen Kähne waren alle zurückgeschoben, so weit, daß die Wellen sie nicht erreichen konnten, und die Marinke dachte bei sich: »Jetzt muß ich hinausfahren – muß ihm entgegenfahren.«

Aber wenn sie einen Kahn bis an das Wasser herangebracht hatte, dann schlugen die Wellen ihn sofort zur Seite, so daß er beinahe kieloben lag.

Da sah sie ein, daß ihr Wille voll Unvernunft war und daß sie davon nur den Tod haben würde.

Und sie warf sich im nassen Sand auf die Knie, wie sie es jüngst vor ihrem Bett oft getan hatte, und dachte es durch Beten zu zwingen.

Aber kein Kahn kam aus den Regenwolken gekrochen, und keine Menschenstimme rief: »Da bin ich.«

Ja, *eine* Menschenstimme war da. Ganz plötzlich schallte sie ihr in die Ohren und sagte: »Was machst du?«

Und diese Stimme gehörte dem Jozup.

Da vergaß sie alles, was sie gegen ihn auf dem Herzen gehabt hatte, und hob die gefalteten Hände zu ihm auf und flehte ihn an, er möchte mit ihr hinausfahren. Für sie allein sei es zu schwer. Aber zusammen würden sie ihn schon finden.

Der Jozup fragte: »Seit wann ist er fort?«

Und sie erwiderte: »Seit in der Frühe.«

Da lachte er bloß und sagte: »Dann ist er längst wieder an Land und sitzt verschlagen wer weiß wo.«

Aber sie glaubte ihm nicht. Und er fuhr fort: »Denkst du denn, daß Menschen sich acht Stunden lang in so'nem Wetter draußen herumtreiben können? Oder sich erst den Platz aussuchen zum Landen? Da ist es jedem egal, wo ihn der Sturm an den Strand wirft. Du aber kommst ins Trockene, denn dir klappern ja alle Glieder.«

Und er führte sie in den Schuppen und schlug die Tür hinter sich zu, so daß sie fortan im Halbdunkel waren.

An den Wänden hingen die Netze, und über das Heu, das im Winkel lag, war der Mantel des Jurris gebreitet. Da hielt er sich wohl öfters versteckt, wenn alle ihn suchten.

Und sie streichelte den Mantel mit ihren erklammten Fingern und küßte den Saum und sagte: »Komm doch wieder! Komm doch wieder!«

Aber weinen konnte sie nicht mehr, denn sie hatte schon alle ihre Tränen verschüttet.

Der Jozup stand daneben und biß sich die Lippen. Und dann sagte er: » *Warum* soll er eigentlich wiederkommen? Es sind ihrer genug da, die bloß auf dich warten.«

Da drehte sie sich um und spie nach ihm.

»Warum speist du mich an«, sagte er, »da ich doch einstmals dein Mann sein werde?«

Und sie sagte: »Laß mich hinaus. Ich habe schon lange gewußt, was du für einer bist.«

Aber er drückte sie auf den Mantel zurück, und indem er ihre Hände hielt wie in Klammern geschroben, sagte er folgendes: »Du betest da immerzu, er möchte doch wiederkommen, aber wenn ich jetzt als sein Freund mein Gebet mit dem deinen vereinigen wollte, dann würde es lauten: Er soll *nicht* wiederkommen. Und er *wird* auch nicht wiederkommmen. Wenigstens als Lebendiger nicht. Und darum gehörst du schon mir, und das will ich dir gleich beweisen.«

Sie rang mit ihm und schrie: »Vergreif dich nicht an mir, denn ich trage ein Kind von ihm.«

Aber er lachte sie aus. »Du willst ein Kind von ihm tragen? Hat er mir doch oft genug von dem Eid vorgeklagt, den er dem Vater hat ablegen müssen. Der Schlappschwanz kehrt sich an Eide! Ich aber kehr' mich an nichts und will tausend Tode sterben, wenn ich dich kriegen kann.«

Und sie rang weiter mit ihm und schrie: »Ich trage ein Kind von ihm!«

Und er sagte mitten im Ringen: »Wenn es die Wahrheit wäre, daß du ein Kind trägst, dann ist es nicht von ihm. Gott wird schon wissen, von wem es ist.«

Da brachen ihr die Arme mit einmal entzwei, und sie fiel hintenüber und wußte von nichts mehr.

Als sie sich wieder aufrichtete, stand die Tür offen, und niemand war da außer ihr.

Unter ihr lag noch immer der Mantel des Jurris. Den streichelte sie von neuem und küßte den Saum, aber sie dachte dabei: »Mir ist ganz recht geschehen.«

Und sie betete nun auch nicht mehr, er möchte wiederkommen. Hätte sie ein Gebet gehabt, so würde es gelautet haben wie das von dem Jozup: »Er soll *nicht* wiederkommen.«

So ohne Mut und so voll Scham war ihre Seele.

VIII.

Im nächsten Frühling bekam die Marinke einen Knaben. Der sollte einmal die Enskyssche Wirtschaft erben, denn außer weitläufiger Verwandtschaft war keiner als Erbe da.

Die Marinke war den Winter über im Haus geblieben und durfte um den Ertrunkenen trauern, als ob ihn der Pfarrer ihr angetraut hätte. Und niemand in der Gegend nahm Anstoß daran, denn die Hochzeit war ja schon bestellt gewesen. – Bloß daß nun ein Begräbnis daraus wurde.

Und die Enskene, die beinahe ihre Schwiegermutter geworden wäre, ehrte sie wie ihres Sohnes leibliche Frau, ja selbst der Alte war immer gut zu ihr, aber das geschah um des Enkelsohnes willen, den er von ihr erwartete.

Vor den Gerichten hatte er keine Angst mehr, denn er fühlte sich durch den Eid, den er dem Sohn abgenommen hatte, hinreichend gesichert auch über dessen Tod hinaus.

Der Jozup war während des ganzen Winters nur dann im Haus zu sehen gewesen, wenn er die Milch abholte, und Marinke hatte sich wohl gehütet, ihm zu begegnen.

Aber einmal geschah es doch. Sie kam gerade vom Melken, da stand er breit in der Stalltür. Hinter ihr ging mit den Eimern die Magd. Um derentwillen mußte sie tun, als ob nichts vorgefallen war.

Er bot ihr die Hand und sagte: »Ich halte mich fern von dir, aber wenn die Zeit gekommen ist, wirst du ja wissen, wo du hingehörst.«

Und ohne Widerspruch ging sie an ihm vorüber, denn daß sie ihm verfallen war, daran zweifelte sie nicht.

Und so sehr hatte sie sich an den Gedanken gewöhnt, daß sie die alte Wilkene, die das Haus bisweilen besuchte, bereits als zukünftige Schwiegermutter betrachtete.

Aber freundlich war die durchaus nicht mehr.

Wenn sie an ihrem klappernden Stock über den Hof gehumpelt kam, gab es der Marinke stets einen Stich durch das Herz, und sie dachte in ihrem Innern: »Bin ich erst in dem Wolfsnest drin, dann werde auch ich das Hemd auf den Schultern mit meinen Tränen waschen.« Denn so heißt es in dem alten Lied.

Manchmal kam ihr wohl der Gedanke, sich nach der Entbindung ins Elternhaus zurückzubegeben; aber wie man sie aufnehmen würde, wenn sie mit dem Kind auf dem Arm um Unterkunft bat, daran gab's nicht den mindesten Zweifel. Im übrigen wäre auch das vergebens gewesen. Der Jozup hätte sie auch von dorther geholt.

So neigte sie sich also in Demut vor dem kommenden Schicksal, und nur die bösen Augen der Alten machten ihr Angst.

Eines Tages sagte die Mutter zu ihr: »Was will die alte Wölfin immer von dir? Du willst ja nichts von ihr.«

Aber was der Jozup wollte, davon ahnte sie nichts.

Und eines späteren Tages – der kleine Jurris mochte acht Wochen gewesen sein –, da kam er in Sonntagskleidern zu ungewohnter Stunde und setzte sich neben die Wiege, die gerade ohne Aufsicht neben der Haustür stand.

Die Mutter, die heraustrat, erschrak sehr, denn beim ersten Blick hatte sie den Mann, der sich tief über das schlafende Kleine beugte, gar nicht erkannt.

Er richtete sich auf und sagte: »Der Tote ist mein Freund gewesen, und ich habe sein Kind bis heute noch nicht gesehen.«

Und die Mutter sagte: »So sieh es dir ordentlich an.«

Aber er tat nichts dergleichen, sondern fragte sogleich: »Habt ihr auch schon daran gedacht, ihm einen Vater zu geben?«

»Sein Vater liegt im Grabe«, sagte die Enskene, »und einen anderen braucht es nicht.«

»Nun, da wird seine Mutter wohl auch noch ein Wort mitzusprechen haben«, entgegnete er, »Oder glaubt ihr, daß ihr sie ihr Leben lang als Magd bei euch behalten könnt?«

»Das Kind in der Wiege«, sagte sie, »wird künftig einmal Herr auf diesem Hof sein, und die du meinst, halt' ich wie meine Tochter. Im übrigen glaube ich nicht, daß dich dies alles was angeht.«

»Dies geht mich nur insoweit was an«, erwiderte er, »als die Marinke demnächst meine Frau werden soll.«

Die Enskene erkannte sogleich, wie wenig Macht ihr über die einstige Braut ihres Sohnes gegeben war. Aber sie wollte es ihm nicht zeigen, und darum sagte sie zu ihm: »Deine Werbung ist mir so willkommen, daß ich Lust hätte, meinen Mann zu rufen, damit er dich von dem Hof weist.«

»Ich *habe* gar nicht geworben«, entgegnete er, »denn ihr Vater wohnt ja woanders.«

Da gab sie sich drein, setzte sich ihm gegenüber und weinte.

Und er wartete schweigend, bis die Marinke vom Feld kam.

Die Mutter ging ihr entgegen und sagte: »Schick ihn fort, so daß er nie wiederkommt.«

Sie getraute sich nicht, ihn anzublicken, wünschte ihm kaum »Guten Tag« und nahm dann das Kind aus der Wiege, um es zu stillen.

»Da hast du ja ein schönes Kind«, sagte er, »und ich will hinfort sein Vater sein.«

Sie neigte den Kopf und entgegnete leise: »Kannst du nicht wenigstens warten, bis die Trauerzeit um ist?«

Da rang die Mutter die Hände und schrie: »Du ermunterst ihn ja!«

Sie antwortete nichts, sondern hakte die Wiste auf und reichte dem Kind die Brust.

»Pfleg es mir gut«, sagte er mit einem Lachen und schritt nach dem Hoftor.

Von nun an gab es trübe Tage im Haus. Die Mutter weinte, der Alte schalt, und beide verlangten, sie solle nicht von ihnen gehen. »Hier hast du's wie eine Prinzessin, aber dort in dem Wolfsnest werden die Wölfe dich fressen mit Haut und mit Haar.«

So ging das Lied immerzu.

»Oder glaubst du, sie werden dir jemals verzeihen, daß das Kind dem Jurris sein Kind ist? Jetzt wird ja offenbar, warum die Alte dich anglupt, als schlepptest du ein ganzes Gehetz von Bankerts mit dir herum.«

So ging eine andere Weise.

Die Marinke sagte nur immer: »Habt Geduld, bis die Trauerzeit um ist.«

Der Alte aber war nicht faul, sondern fuhr zum Rechtsanwalt zweimal in der Woche, denn er wollte den Enkelsohn in den Händen behalten.

Als der Todestag des Jurris sich eben gejährt hatte und sein Grab von frischen Blumen noch voll war, erschien der Jozup von neuem auf dem Hof. Diesmal hatte er es so einzurichten gewußt, daß er die Marinke allein sprach.

Sie kam mit einem Wäschekorb von der Bleiche und lief ihm gerade in die Arme.

»Ich habe deinem Willen nicht entgegengestanden«, sagte er, »und Geduld bewiesen ein Jahr lang. Aber nun ist sie zu Ende, und darum frage ich dich: Wann wirst du mir das Jawort geben?«

Sie schaute um sich, wie sie der Antwort entgehen könne, aber niemand war weit und breit.

»Deine Mutter ist mir böse gesinnt«, sagte sie. »Und du wirst zu ihr stehen gegen mich.«

»Meine Mutter ist dir böse gesinnt«, entgegnete er, »weil sie sich ärgert, daß du ein fremdes Kind ins Haus bringen wirst. Daß es mein eigenes ist, darf sie nie erfahren, sonst würde sie's ausschreien bis hinter Prökuls.«

»Es *ist* auch nicht dein eigenes!« rief sie. »Das weißt du, und wenn du es nicht weißt, dann schwör' ich es dir.«

Aber er lachte sie aus. »Der gute Jurris ist tot«, sagte er. »Darum will ich so tun, als hättest du recht. Wenn du aber denkst, ich würde zu ihr stehn gegen dich, dann kennst du mich falsch. Ich bin nach dir ausgewesen wie ein Verrückter, seit ich dir auf Augustenhof die erste Kanne vom Wagen gab. Ich habe mit meiner Mutter die Sache beredet bei Tag und bei Nacht, aber die verfluchten Enskys sind fixer gewesen als ich. Ich hab' ihnen den Hof anzünden wollen über dem Kopf – ich habe den Jurris – na, nun ist egal, was ich wollte mit deinem Jurris. Aber hast du dir nie gedacht, warum ich da saß Abend für Abend neben ihm auf der Deichsel? Hast du geglaubt, daß ich ein Augenschmeißer bin und weiter sonst nichts? Ich hab' kein Wort von meinem Zustand zu dir geredet, denn schales Bier lieb' ich nicht, und den Bettler beißen die Hunde. Aber das hättest du wissen müssen, daß du mich entzweischneiden kannst mit dem Hackmesser, und ich würde noch nicht den Finger heben gegen dich. *Ich* sollte zur Mutter stehn gegen dich? Ja, Marjell, was dachtest du von mir?«

Wie er das sagte, geschah es zum ersten Male, daß sie ihm recht in die Augen sah. Und es war, als spritze Feuer daraus, und es war, als sei eine Wendezeit gekommen und jage sie auf unbetretene Wege.

Ihre Seele wand sich vor ihm und konnte seinem Willen doch nicht entweichen.

»Die Eltern werden es nicht zugeben«, sagte sie, um doch etwas zu sagen.

»Welche Eltern? Deine oder dem Jurris seine?«

»Meine sind froh, wenn sie mich los sind«, entgegnete sie, »aber diese hier lassen mich nicht mehr weg.«

»Wenn der Habicht kommt, fliegt selbst die Krähe vom Nest, und um zwei solche Grasmücken sollt' ich mich kümmern?«

»Sie haben das Kind zum Erben bestimmt. So ein Glück kommt nicht wieder.«

»Ich habe ihm auch einen Hof zu vererben, wenn ich das will.«

»Hier geht es nicht nach deinem Willen, das weißt du sehr gut. Denn eigene Kinder kommen zuerst.«

Der Jozup war rasch von Begriffen. Er sah gleich ein: Wenn er nicht drohte, kam er zu nichts.

»Na, gut«, sagte er, »dann muß ich doch wohl meiner Mutter erzählen, was zwischen uns passiert ist an jenem Sturmtag, als dem Jurris sein Kahn koppheister schoß. Was weiter geschieht, dafür wird *sie* dann schon sorgen.«

Die Marinke sah vor sich nichts als Schmach und Beschmutzung. Und auch des Jurris' Andenken würde beschmutzt sein bis in die Ewigkeit. Darum wurde sie stark in ihrer Schwäche und sagte: »Ein Eid gilt dir nichts« – daß er auch ihr einmal wenig gegolten hatte, daran dachte sie nicht –, »und so schwör' ich erst gar nicht. Aber was ich jetzt sage, das ist so wahr, wie daß der Jurris nicht wiederkommt. Wenn du mich heiraten willst, so werd' ich nicht widerstehen und werd' auch das Kind bei mir behalten, bis wir beide ein eigenes kriegen. Dann muß es zu denen zurück, die es beerben wird. Sagst du aber deiner Mutter oder sonst einem auf der Welt, was du mir angetan hast, dann nehm' ich mir am selbigen Tag den ersten besten Kahn von denen, die am Ufer stehen, und fahre hinaus und komme nicht anders wieder, als einstmals der Jurris kam. Nun weißt du's.«

Damit hob sie den Wäschekorb auf und schritt an ihm vorüber dem Hofraum zu.

Er aber hatte seinen Willen. Und was heute noch daran fehlte, das mußte die Zukunft ihm bringen, wenn die Marinke erst ganz in seiner Gewalt war.

Am nächsten Vormittag kam die Alte auf Freischaft.

Sie sah noch böser, noch verdrossener aus, und als sie die Marinke küßte, war's ihr, als gösse der blankzähnige Mund ein Gift über sie aus.

Aber sie widerstand nicht mehr.

Mochte die gute Mutter ihr auch weinend Rücken und Hände streicheln, mochte der gnitschige Vater ihr ein Viertel von seinem Vermögen versprechen – sie blieb fest. Und auch was mit dem Kind werden sollte, bestimmte sie nach ihrem Willen.

Der alte Enskys hatte schon alles besorgt, was nötig war, um den Enkel an eigener Kindesstatt anzunehmen, aber das durfte nun erst in Kraft treten, wenn Marinkes Leib von neuem gesegnet war. Bis dahin sollte der Kleine bei seiner Mutter verbleiben, und der Jozup durfte die Vaterrechte ausüben, wie jeder Stiefvater es tat. So wurde es festgemacht, und niemand sagte mehr Nein.

IX.

Die Hochzeit wurde bald nach dem Erntedankfest gefeiert. Die alten Enskys hatten sie ausgerichtet, besser noch, als ob die Marinke ihres Sohnes richtige Frau gewesen wäre. Wer einen Stein auf ihre Sittsamkeit hatte werfen wollen, dem fiel er nun aus der Hand. Und nur die alte Wölfin grollte und kicherte höhnisch in sich hinein.

Am Morgen des ersten Tages – lange vor Sonnenaufgang – war Marinke auf den Kirchhof gegangen, um von dem Grabe des Jurris Abschied zu nehmen, denn daß ihre Gänge hierher von nun an nicht gern gesehen sein würden, das ahnte sie wohl. Sie betete und stärkte sich für das schwere Leben, das vor ihr lag. Auch bat sie ihm noch einmal alles Unrecht ab, das sie ihm im geheimen angetan hatte und wodurch er auch schließlich zu Tode gekommen war.

Sie wußte, daß ihr künftiges Dasein nichts wie eine große Buße sein würde, und die nahm sie auf sich mit Freuden.

Am frühen Vormittag kamen ihre Eltern angefahren. Auch die zwei erwachsenen Brüder fanden sich ein, die waren zu Pferde gekommen.

Obgleich alle vier sie oftmals herzten und küßten, erschienen sie ihr nur wie weitläufige Verwandte. Sie hatte sie ja auch seit Jahren kaum noch gesehen.

Die Stiefmutter, deren Mißgunst sie einst von hinnen getrieben hatte, schämte sich ein wenig, daß die Hochzeit nicht im Vaterhause ausgerichtet worden war, und erzählte jedem, mit dem sie bekannt wurde, es wäre nur der weiten Entfernung wegen nicht geschehen und außerdem, weil die Eltern des verstorbenen Bräutigams durchaus darauf bestanden hätten, das Fest an Ort und Stelle zu feiern. Und noch drei oder vier sonstige Gründe führte sie an.

Der Vater hatte das Heiratsgut gleich mitgebracht und trug den Beutel mit den vielen Goldstücken immer in der Hand. Er blickte bei jeder Gelegenheit nach der Stiefmutter hinüber, und man erkannte wohl, daß er keinen anderen Willen besaß als den, den sie ihm eingab.

Sobald sie eingesehen hatte, daß die Marinke in diesem Haus wie eine Tochter geehrt wurde und die Gefahr, sie könne vielleicht einstmals hilfesuchend bei ihr anklopfen, nicht bestand, trat sie an sie heran, umarmte sie und sagte so laut, daß die Enskene es hörte: »Du wirst hoffentlich dessen gedenk sein, meine Tochter, daß du in deinem Elternhaus eine Zuflucht hast und keine Fremden brauchst, dich zu beschützen.«

Und die Enskene erwiderte darauf: »Ebenso wirst du hoffentlich dessen gedenk sein, meine Tochter, wer eigentlich die Fremden sind.«

Obgleich die Stiefmutter durch diese Gegenrede gedemütigt wurde, schwieg sie ganz still, denn sie hatte erreicht, was sie wollte.

Das Kind begehrte keiner von der Familie zu sehen, und es wurde ihnen auch nicht gezeigt.

In der Kirche sah die Marinke den Jozup an diesem Tag zum ersten Male, denn es war damals in manchen Orten noch Sitte, daß Braut und Bräutigam – jeder mit seinem Anhang – gesondert zur Kirche fahren und nicht früher zueinandertreten, als bis der fromme Gesang zu Ende ist und der Pfarrer vor dem Altar steht, den Segen über sie zu sprechen.

Auf der rechten Seite saßen die Brautgäste, und die auf der linken, die zu dem Bräutigam gehörten, sahen feindlich herüber.

Die hatte die Alte schon alle aufgehetzt, weil die Marinke keinen Rautenkranz trug, sondern bereits das dunkle Frauentuch angelegt hatte, das ihre blonden Haare umschlang und verdeckte.

Und das kam daher, daß sie eine Entweihte war, wie die alte Wölfin jedem zuraunte, der es längst wußte und nichts dabei gefunden hatte, bis die Verachtung so in ihm wach wurde.

Der Jozup sah und hörte nichts von dem allen. Er starrte bloß immer mit einem wilden freudigen Leuchten des Auges zu der Marinke herüber, als wollte er ihr zurufen: »Hab' ich dich endlich?«

Und sie neigte den Kopf in Ergebung, als müßte sie ihm erwidern: »Ja, nun hast du mich ganz.«

Und als der Pfarrer hernach das Jawort von ihr verlangte, sprach sie es so hell und deutlich, als hätte statt des Jozup der Jurris an ihrer Seite gestanden.

Die Enskene aber schluchzte hell auf. Auch sie gedachte dessen, der in der Erde lag.

Die alte Sitte hierorts verlangt, daß Braut und Bräutigam vom Krug aus, wo die Trauung begossen wird, ein jeder gesondert nach Hause fahren, um erst am zweiten Tag der Feierlichkeiten fürs Leben zusammenzukommen; aber der folgte man nicht mehr, sondern schlug, wie es jetzt immer üblicher wurde, gemeinsam den Weg zur Brautwohnung ein.

Der Jozup saß neben seiner jungen Frau. Er sprach nicht zu ihr und sah sie nicht an, aber wenn beim Fahren ihre Achsel gegen die seine schlug, zitterte er wie ein Kranker, so daß ihr angst und bange wurde. Und noch bänger wurde ihr, wenn sie sich umwandte und auf dem zweiten Wagen die Alte sitzen sah, die die Lippen eingekniffen hatte und deren Blick sie durch und durch stach.

»Er wird mich mit seiner Liebe fressen«, dachte sie, »und die Alte mit ihrem Haß.«

In dem Hochzeitshaus war alles aufs Beste gerichtet. Die Türrahmen mit Gewinden umgeben und Ehrenpfosten bis an das Hoftor. Die Tische konnten all die guten Gerichte nicht fassen. Da gab es Rindfleisch mit Reis und Pflaumen mit Klößen, auch Schweinebraten gab es und Neunaugen, gewürzt und gesäuert. Und noch vieles andere mehr, von dem süßen Fladen gar nicht zu reden. Zum Trinken war da: Braunbier und Alaus und Kirschen- und Kornschnaps – alles sehr reichlich.

Im Brautwinkel, wo neben dem jungen Paar die vornehmsten Gäste sitzen, stand sogar in hochhalsigen Flaschen der teure Portwein; der war aus Memel extra verschrieben.

Aber allen diesen Herrlichkeiten zum Trotz wollte eine behagliche oder gar freudige Stimmung nicht aufkommen. Die Verwandten des Bräutigams hielten sich abseits von den Verwandten der Braut, giftige Blicke flogen hin und her, und wer beiden Seiten freundlich gesinnt war, der sah mit Sorge, daß, wenn das Haderwasser erst seinen Dienst tat, giftige Reden nachfolgen würden.

Zum Überfluß hetzte die alte Wilkene noch immer. Ihr Sohn habe was Besseres verdient, als Jungfernkinder großzuziehn, und niemandem könne es als Ehre gelten, auf einer Hochzeit zugegen zu sein, bei der die Brauteltern, anstatt sie auszurichten, sich als Gäste breitmachen.

Die beiden Wirtsleute mühten sich umsonst, den drohenden Sturm zu verscheuchen. Die gute Mutter schleppte Teller und Gläser, als wäre sie die letzte der eigenen Mägde, und wie mißtrauisch der Alte auch sonst die Schätze seiner Truhen hütete, heute öffnete er die Deckel weit und verteilte Handschuhe und Handtücher in Menge, selbst seidengewebte Jostbänder verteilte er. Die lagen seit hundert Jahren in dunklem Versteck.

Aber nichts wollte helfen. Die Magila, die Göttin des Zornes, saß schon im Rauchfang, und fuhr sie hernieder mit Ruten und Peitsche, dann wehe!

Die arme Marinke traute sich nicht mehr zu reden, zu lächeln, und der Jozup saß da mit eingekniffenen Fäusten und Augen, die flammten nach rechts und nach links, als wolle er bald dem, bald jenem stracks an den Hals.

Und immerzu ging das Getuschel der Alten. Wie ein Messerstich hierhin und dorthin flog schon ab und zu ein häßliches Wort durch die eintretende Stille.

Wäre der Pfarrer zugegen gewesen, dann hätte sich wohl alles anders gestaltet. Er war ja auch geziemend geladen, aber er hatte gleich abgesagt, und jeder mochte sich denken, weshalb.

Als einziger Deutscher saß der Lehrer unter den Gästen, aber der war noch sehr jung und besaß nicht Ansehen genug, die Seelen sich untertänig zu machen.

So konnte das Unheil weiter gedeihen.

Einer der Nachbarn, sonst ein verträglicher Mann, der harmlos gekommen war, sich zu vergnügen, hob mit einemmal sein Glas und rief zu dem Brautvater hinüber: »Du – prost auf die billige Hochzeit!«

Das gab natürlich den Anstoß zu bösem Gelächter. Der alte Tamoszus sprang auf und wollte dem Höhnenden sein Glas an den

Kopf werfen, andere fielen ihm in den Arm, ein großes Lärmen hub an – das Schlimmste schien nun gekommen.

Da geschah etwas, was niemand geahnt oder für möglich gehalten hätte. Wäre der Herrgott vom Himmel herniedergestiegen, um Frieden zu stiften, keiner hätte sich mehr gewundert als jetzt.

Und es war ja auch eine Art von Herrgott, ein »Wieszpatis« war es, der sich selber bemühte.

Wer kannte nicht die zwei weißen Trakehner, die plötzlich herangebraust kamen? Wer kannte nicht den Mikas auf dem Bock mit der Mardermütze und der rotsamtnen Troddel? Wer kannte nicht das Lacklederverdeck mit den silbernen Bügeln?

Und wer kannte nicht den Mann, der fünf Fuß zehn Zoll hoch mit blitzendem Auge unter buschigen Brauen und auseinandergestrichenem dunklem Bart schwer und gewaltig den blautuchenen Polstern entstieg, um sich dann umzuwenden und einer Dame im seidenen Schleier und seidenem Mantel aus dem Innern zu helfen?

Ja, wenn *der* zur Hochzeit kam! Der und die Frau, die alle liebten, wie man einstmals die Milda geliebt hat, die Göttin, die nicht bloß schön war, sondern in ihrem Gutsein sich auch zu den Demütigen neigte!

Wenn *das* geschah, dann gab es nicht Hader mehr und nicht Hochmut. Dann gab es keine Entweihte mehr mit dem Frauenkopftuch, da wo der Rautenkranz und die silberne Krone hingehört hätten. Dann gab es nur Frieden und Glück und Geehrtsein.

Alle, die vor der Tür und im Hausflur tafelten, erhoben sich stumm von den Sitzen, und so betraten beide suchend die Stube, in der sein Kopf die Decke durchstoßen hätte, wenn er sich ganz hätte aufrichten wollen. Auf den Brautwinkel gingen sie zu und gaben der Marinke freundlich die Hand, die blutübergossen und stumm den Blick auf die Dielen geheftet hielt. Und auch den Jozup begrüßten sie – glückwünschend, daß er solch eine Frau, deren Wert sie ja kannten, sich zu eigen genommen. Und dann begrüßten sie die Wirtsleute wie alte Freunde, und sie, die Herrin, wechselte einen ernsten Blick mit der Mutter, den nur sie beide verstanden, und die Marinke, die gerade erst aufzusehen wagte.

Ihre Stiefmutter, die eine ansehnliche und immer noch hübsche Frau war, drängte sich vor, um auch einen Gruß zu bekommen, aber die Herrschaften achteten ihrer nicht mehr, als ob sie ein Unkraut gewesen wäre.

Und auch die alte Wilkene erkannten sie nicht, oder vielleicht wußten sie gar nicht, daß eine Bräutigamsmutter noch da war.

Dann setzten sie sich dem jungen Ehepaar gegenüber, und er, der Wieszpatis, zog einen Kasten unter dem Arm vor und reichte ihn hin. Der war innen mit Seide gefüttert, und auf der hellblauen Seide lagen silberne Messer und Gabel und Löffel, die kosteten hundert Taler und mehr. Das war sicher.

Noch niemals hatte man jemand gekannt, dem zur Hochzeit solch eine Gabe beschert worden war.

Und der Herr sagte: »Ihr alle sollt daraus erfahren, wie treu die Marinke mir einstmals gedient hat und wie hoch meine Frau und ich ihre Dienste heute noch schätzen.«

Sie aber, die Herrin, sagte auf deutsch, denn Litauisch konnte sie nicht: »Es muß ein besonderes Glück für Sie sein, Herr Wilkat, daß Sie dem Kindchen Ihres toten Freundes den Vater ersetzen dürfen.«

Da fuhr die Marinke erschrocken hoch, denn des Kindes war heute noch niemals von einem gedacht worden.

Und die Herrin fragte: »Kann man es sehen, Marinke?«

Da lief die Mutter Enskys rasch in die Kammer, wo die Wiege versteckt war, und brachte es angetragen in seinen rotbunten Kissen.

Die Herrin nahm es, schaukelte es und sagte: »Ein hübsches Jungchen. Es ähnelt dem Vater, soweit ich mich an ihn erinnere. Findest du nicht auch, John?«

Der Wieszpatis wollte das gleiche aussprechen, da gewahrte er, daß die Augen der Marinke sich auf ihn richteten mit einem Blick so voller Inbrunst und Angst, daß er ganz stutzig wurde, und darum nickte er nur bedächtig und nachsinnend vor sich hin. Nachdem sie dann ein Glas Wein auf das Wohl des jungen Paares geleert hatten, nahmen die Herrschaften freundlichen Abschied und fuhren von dannen.

Das Kind und das Silberbesteck aber gingen noch lange Zeit bei den Gästen von einem Schoß auf den andern und wurden abwechselnd bekuckt und bewundert.

Und nur die alte Wilkene, die murmelnd und kichernd draußen herumlief, wollte von beiden nichts wissen.

X.

Das Gehöft, das die Leute das »Wolfsnest« nannten, lag ein wenig abseits vom Dorf und war gewiß die stattlichste Wirtschaft unter den fünfen, denen man Hochachtung schuldete. Aber man sah nicht viel davon, denn es war auf drei Seiten von einem Erlengehölz so dicht umgeben, daß man höchstens bei Nacht die Lichter durchschimmern sah.

Was darinnen vorging, blieb jedem Nachbarn verborgen. Und nur wer von der Landseite herfuhr, gewahrte die roten Ziegeldächer, die als Wahrzeichen des Wohlstandes selbst Stall und Scheune bedeckten.

Wer durch das Gittertor eintrat, wurde erst recht überrascht durch die schönen Maschinen, die auf dem Hof der Reihe nach standen.

Hier die Wirtin zu sein, mußte jede mit ehrfürchtigem Stolz erfüllen, die auf Arbeit hielt und auf Ordnung.

Die Marinke fand sich rasch in das neue Leben, und war sie von Kindesbeinen an fleißig und tüchtig gewesen, wie hätte sie's hier nicht sein sollen, wo sie auf eigenem Boden stand?

Das erkannte voll Ingrimm sogar die Schwiegermutter an, wenn sie vom Fenster der Altsitzerstube aus, bereit zu Tadel und Zank, das Wirken der Hausfrau verfolgte. Und sie hütete sich wohl, sich an ihr zu vergreifen oder den Sohn gegen sie aufzubringen. Beides versparte sie sich auf günstigere Zeit. Nur daß sie niemals zur Mahlzeit erschien und ohne Gruß aus- und einging.

Die Marinke kümmerte sich nicht viel um ihr feindseliges Benehmen, denn sie hatte ja Schlimmeres erwartet. Wie Jozup sich stellen würde, wenn es zwischen ihr und der Alten zu offenem Zwist kam, das wußte sie nicht. Ob er ihr auch in heißer Liebe zugetan war, der Mutter würde er doch wohl nicht Unrecht geben, denn er mußte ihr ewiglich dankbar sein, weil sie ihn in der Erbfolge den älteren Brüdern vorgezogen hatte. Der eine war Schutzmann in Berlin, und der andere stand kurz vor dem Versorgungsschein. Schreiben taten sie beide nicht mehr.

Mit dem Jozup war's eine eigene Sache. Manchmal, wenn er dasaß und sie ansah halbe Stunden lang, ganze Stunden lang, ohne ein Wort zu reden, und sie gleichsam aufzehrte mit seinen schwarzen Rauschbeerenaugen, dann dachte sie sich innerlich schaudernd: »Das ist zuviel, das darf nicht sein, das geht wider Gottes Macht und Willen.«

Und wenn er bei ihr lag und zitterte vor allzugroßer Liebe und ihr nicht nahezukommen wagte, dann dachte sie wieder: »Das ist die Strafe, weil er sich an dem Jurris vergangen hat.« Bis er sich dann auf sie stürzte wie ein wildes Tier, so daß *sie* nun zitterte vor seiner allzugroßen Liebe. Und manchmal dachte sie dabei: »Vielleicht ist er wirklich ein Werwolf und heißt nicht bloß so.« Aber dann warf sie die Furcht wieder ab und tröstete sich: »Das kommt bloß daher, daß er zu lange nach mir begehrt hat und ganz ohne Hoffnung gewesen ist. Und nun kann er's noch immer nicht fassen.«

Und dann war es ihr manchmal, als könnte sie ihn mit der Zeit auch wiederlieben. Aber ihr Herz war immer noch auf dem Kirchhof, dort, wo der Jurris lag. Und hätte sie sich getraut, ab und zu an das Grab zu gehen, ihr wäre manches leichter geworden.

Auch auf das Kind übertrug der Jozup seine wilde Liebe. Ob es sein eigenes war oder nicht, darüber hatten sie beide nicht mehr geredet, und Marinke war wohl darauf bedacht, ihm seinen Glauben zu lassen, denn sie wußte, wenn's anders käme, würd' es ihr schlecht gehn.

Er nannte den Kleinen auch nicht »Jurris«, wie er getauft war, sondern »Wilkiutis« oder »Wilkytis«, was gar kein christlicher Vorname ist, sondern das »Wölfchen« bedeutet. Und er war ganz zornig, wenn die Dienstboten nicht taten wie er. Nur die Marinke durfte seinen wirklichen Namen noch in den Mund nehmen, aber schließlich brachte sie's auch nicht mehr übers Herz und nannte ihn immer bloß »Kindchen« oder auch »Liebling«.

Der Kleine wuchs rasch heran und konnte gehen und sprechen, noch ehe das erste Ehejahr um war. Und der Jozup spielte mit ihm wie der Wolf mit seiner Brut vor der Höhle im Sonnenschein. Lag lang auf der Erde und ließ ihn klettern über sich her und hob ihn hoch in die Luft, und dann mußte er sehen, wie er von den Handflächen wieder herabkam.

Um das Erlengehölz aber schlichen oft in der Dämmerung zwei alte Leute und kuckten sich die Augen entzwei nach dem künftigen Erben, und kuckten nicht minder nach der Marinke, ob ihr Leib noch immer nicht Spuren zeige von kommendem Segen, damit alsbald der Vertrag in Kraft treten könne, der ihnen den Enkel zurückgab.

Den Hof zu besuchen, war ihnen verboten, obwohl der Alte die Vormundschaft hatte, und ebenso durfte Marinke nie mehr zu ihnen gehen. Oft hätte sie gern ihren Kopf auf den Schoß der Mutter gelegt und sich streicheln lassen von ihren verständigen Händen, aber um des lieben Friedens willen entbehrte sie auch das.

Um wenigstens etwas von ihr und dem Kind zu haben, hatten die Alten es auf sich genommen, den Milchwagen, der ja zum Verladen der Kannen bei den Besitzern immer reihum fuhr, selbst zu kutschieren, wenn ihre Woche gekommen war. Aber der Jozup ließ die Kannen schon vorher an den Rand des großen Weges bringen, wo sie herrenlos standen, bis der Wagen sie auflud, und als die Alten sich dumm stellten und unter diesem oder jenem Vorwand doch aufs Gehöft fuhren, da machte er kurzen Prozeß und trat aus der Genossenschaft aus. Und das tat er um so lieber, als er selber nicht gern mehr nach Augustenhof hinwollte. Den Grund sagte er nicht, und vielleicht besaß er auch keinen. Aber den Wieszpatis nannte er nur noch »den Deutschen«, und das schöne Besteck sah er nicht an. Das lag auf dem Grunde des Schrankes und zehn Schichten Kleider darübergefliehen.

Nun war der liebe Jurris schon zwei Jährchen tot, und der Tag seines Sterbens kam heran.

Ob der Jozup sich dessen erinnerte oder auch nicht, kurz, um die Stunde, in der damals das alles geschehen war, erklärte er plötzlich, er wolle aufs Haff hinaus, mit dem Keitelnetz ein Gericht Fische zu fangen. Er tat das sehr selten, denn den Fischer zu spielen, war er zu stolz. Und wie er die Marinke zum Abschied küßte, da war Triumph in seinem Auge, so daß sie sich dachte: »Jetzt geht er Gott danken und sich freuen an seiner Gewalttat.«

Und weiter dachte sie: »Soll der arme Jurris nun ganz allein da liegen und denken, ich hab' ihn vergessen?«

Sie wußte, die Eltern gingen nicht gern auf den Kirchhof, und der Vorwurf in ihr sprach lauter und lauter.

Darum nahm sie den kleinen Jurris kurzweg bei der Hand, denn es mußte ja aussehen wie ein ganz kleiner Spaziergang. Sobald sie aber hinter den Erlen war und die Alte ihr nicht mehr nachblicken konnte, hob sie ihn auf den Arm und schritt, so rasch sie konnte, dem Kirchhof zu, der wohl eine halbe Stunde entfernt lag.

Das Grab war ziemlich verfallen. Frische Blumen lagen nicht darauf, und auch sie hatte ja keine mitbringen können. Darum pflückte sie Blätter von den Ahornbäumen, und weil sie zufällig ein Knäulchen Zwirn in der Tasche hatte, machte sie sich daran, eine schöne Girlande zu winden, die den Grabhügel der Länge und Breite nach festlich umrahmen sollte. Zeit hatte sie genug, und der Kleine grub artig im Sand.

Ihm die Zeit zu vertreiben, sang sie ein Lied, und auch weil ihr hier an dem Grab so wohl war.

Sie sang:

>»Dort unter den Linden
In jenem Grabe,
Da liegt und schlummert
Mein lieber Knabe.
>
>Auf seinem Denkmal
Stehet zu lesen,
Wie schön und tapfer
Er einst gewesen.
>
>Mit Blumen schmück' ich's
In jedem Lenze,
Sitz' auf dem Grabe
Und flecht' ihm Kränze.
>
>Und ranke Grünes
Rings um die Kanten

Und pflanze Goldlack
Und Amaranten.

Und klag' und weine,
Weil sie den Knaben
Mir aus dem Brautbett
Gerissen haben.

Doch aus dem Herzen
Stiehlt ihn mir keine,
Und jeden Abend
Komm' ich und weine.«

»Wenn *ich* hier mit meinem Kindchen an jedem Abend ein Stünd-
chen sitzen könnte«, dachte sie bei sich, »ich wollte, weiß Gott, nicht
weinen, sondern immer vergnügt sein.«

Und wie sie sich noch an ihrer Geborgenheit freute, da wurden
mit einemmal vom Kirchhoftor Schritte laut, schwere, unsichere
Schritte, und ein Klappern dabei – das kannte sie wohl.

Sie ließ die Girlande liegen, nahm das Kind auf den Arm und
ging der Schwiegermutter entgegen.

Die schwang die Krücke und schrie: »So also bist du dem Jozup
treu, du Allerweltsfrauenzimmer, daß du selbst mit den Gräbern
buhlen gehst? Ohne Jungfernschaft bist du ins Haus gekommen,
den Muturis« – das Frauenkopftuch – »hat die Pestgöttin dir umge-
legt und nicht ich. Aus der Mistpfütze bist du gekrochen, und nicht
eher werde ich ruhen, als bis ich dich dahin zurückgeprügelt habe.«

Und sie schlug mit ihrem Krückstock auf die Marinke los.

Die dachte nur daran, den kleinen Jurris zu schützen, der bitterlich zu weinen begann, weil einer der Schläge auch ihn getroffen
hatte, und ging davon ohne ein Wort der Erwiderung.

Die Alte kam nachgehumpelt und setzte sich vor das Hoftor, um
dem Jozup aufzupassen.

Und als er um die Dämmerstunde vom Haff zurückkam, erzählte
sie ihm alles. »So hat sie dich beseift«, sagte sie. »Nun strafe sie, wie
sich's gebührt.«

Er zog die Augenbrauen noch dicker zusammen und kämpfte lange mit sich. »Warum soll ich sie strafen?« sagte er dann. »Es ist besser, ihr Zeit zu lassen, damit das Andenken an jenen aussauern kann aus ihrem Gemüt.«

»Bist du ein Mann oder ein Stöpsel?« fragte höhnisch die Alte.

»Weil ich ein Mann bin«, entgegnete er, »weiß ich, was ich zu tun habe.«

Aber sie ließ ihm keine Ruhe. »Weiche Äpfel faulen bald«, sagte sie, »und wer bloß Krumen essen will, bricht sich am ehesten die Zähne entzwei. Darum tu deine Schuldigkeit an ihr.«

Aber er liebte die Marinke zu sehr, um sie zu schelten. Nur fernhalten tat er sich von ihr, und auch das Kind sah er nicht an wohl eine Woche lang.

Und die Alte wühlte und hetzte bei jedem Begegnen, denn jetzt hatte sie einen Grund.

Und da sie den Krückstock gegen die Schwiegertochter schon einmal gehoben hatte, ohne daß ihr ein Übles geschehen war, so wagte sie es alsbald von neuem und fiel über sie her, allemal, wenn sie ihr nicht entweichen konnte.

Zuerst ließ die Marinke sich alles gefallen und war auf nichts weiter bedacht, als den Kleinen zu schützen. Da sie aber immer häufiger angefallen wurde, mußte sie sich wohl zur Wehr setzen. Und eines Tages – nicht weit vom Herd – riß sie der Krüppligen den Stock aus der Hand und warf sie gegen den hängenden Kessel, so daß ein wenig von dem kochenden Wasser herausspritzte.

Die Alte hub sofort furchtbar zu heulen an. Die Schwiegertochter habe sie geschlagen und verbrüht, und sie zeigte den Dienstboten die Blasen an Hals und an Händen. Und als der Jozup vom Feld kam, zeigte sie sie auch ihm und klagte, sie sei schon seit langem ihres Lebens nicht sicher.

Da geschah es zum ersten Male, daß er sich an seinem Weib vergriff. Er schlug sie nicht, wozu ein zorniger Mann wohl das Recht hat, sondern warf sie schweigend über den Tisch und schüttelte und würgte sie, wie man mit einem bissigen Hund tut.

Als er sie losgelassen hatte, nahm sie den kleinen Jurris auf den Arm und rannte in ihrer Seelennot zu der Mutter Enskys, obwohl ihr ja jeder Verkehr verboten war.

Die küßte zuerst den kleinen Jurris halbtot und rief dann den Alten herbei. Der tat dergleichen, und als Marinke ihnen alles erzählt hatte, wollten sie sie sogleich bei sich behalten.

Aber die Marinke willigte nicht darein. »Von hier holt er mich schon morgen vormittag«, sagte sie, »und wenn ich mich wehre, schleppt er mich womöglich an den Haaren zurück. Aber ich weiß jetzt, was ich ihm sagen werde, wenn ich auch nicht danach tun kann.«

Damit ging sie zurück. Der Alte bat sich aus, ihr den Kleinen noch eine Strecke zu tragen, und als sie es nicht erlaubte, lief er auf seinen Schlorren hinter ihr drein und machte mit leeren Armen Eiapopeia.

Am nächsten Morgen wollte der Jozup schweigend von dannen gehen, aber sie hielt ihn zurück und sagte: »Ich habe es satt, mich schlecht behandeln zu lassen. Ein Kind hat uns der Himmel bisher nicht geschenkt, es hält uns also auch nichts zusammen. Wenn ich auch eine böse Stiefmutter habe, geprügelt oder gewürgt werd' ich dort nicht, und darum ist es das Beste, ich gehe nach Hause. Die fünfhundert Taler kannst du behalten.«

Er wurde weiß wie der Kalk an der Wand und entgegnete drauf: »Das einzige ist, ich teile ihr mit, wessen Blut in den Adern des Kleinen fließt. Dann wird sie's vielleicht weitererzählen, aber im Hause wird Ruhe sein.«

Da sagte die Marinke: »Gestern vor vierzehn Tagen war des Jurris Todestag, und heute wird *mein* Todestag, wenn du das tust, so wahr ich dein Weib bin.«

Der Jozup wußte nun, daß in dieser Sache ihr Sinn unveränderlich war und daß er nie und nimmermehr daran würde rühren dürfen. Darum sagte er: »Ich werde nachsinnen, ob es ein anderes Mittel gibt.«

Und die Marinke sagte: »Du kannst nachsinnen, soviel du willst. Ein anderes Mittel, als daß *sie* aus dem Hause geht oder ich, wirst du nicht finden.«

Der Jozup lief in der Stube umher und schrie: »Sie hat mich vorgezogen, seit ich im Kinderkleid war – sie hat die Brüder hinausgejagt, damit ich hier Herr bin. Verlange du nicht zu viel von mir!«

Und die Marinke erwiderte: »Ich verlange ja nichts.«

An demselben Morgen ging er in die Altsitzerstube und blieb dort länger als eine Stunde. Und das Ende war, daß gegen Mittag die Alte herauskam, das Gesicht wie behonigt, und zu der Marinke sagte: »Setze meinen Teller auch auf den Tisch, liebe Tochter. Damit Friede wird, will ich fortan mit euch zusammen essen.«

Aber die Marinke traute ihr nicht, und als die Alte den Kleinen ihren »Putytis«, ihr Hähnchen, nannte und ihn gar auf den Arm nehmen wollte, zog sie ihn rasch auf die Seite.

Von diesem Tag an war die Wilkene wie umgewandelt, und niemand konnte wissen, wodurch es geschehen war.

Die Mutter Enskys aber, die alle Freitagabend im Erlengebüsch auf Marinke lauerte – denn so war es jüngst ausgemacht worden –, sagte zu ihr: »Paß gut auf, daß sie nicht an den Herd kommt. Ich will mich rösten lassen wie Flachs, wenn sie nicht darauf sinnt, dich und das Kind zu vergiften.«

Die Alte aber saß allabendlich am Rand des Sumpfteichs hinter dem Roßgarten, um Fischbrut zu käschern, wie sie sagte, für die Angeln, die nächstens ausgelegt werden sollten, und in der Dunkelheit kam sie mit Kräutern beladen nach Hause, die sie niemandem zeigte.

Am Sumpfteich wuchs neben der Hundsromei und dem Kalmus auch Wasserschierling in Menge. Das ganze Dorf hätte man ausrotten können, so viel Schierlingsstauden standen dort mit ihren weißlichen Schirmchen.

Ja, die Marinke paßte gut auf.

Daß die Alte Spiritus wollte zum Einreiben gegen die Gicht, das hatte nichts auf sich, aber daß sie sich auch das Kesselchen holte mitsamt dem Kocher, während sie doch jetzt immer am Tisch aß, das gab schon mehr zu bedenken. Und stundenlang saß sie am Herd, um sich die Glieder zu wärmen, obwohl die Luft noch ganz sommerlich war.

Vom Wasseransetzen bis zur fertigen Mahlzeit wich die Marinke nicht von der Stelle. Kaum den Kopf zu wenden traute sie sich, und schließlich wurd' ihr ganz wirblig von dem ewigen Argwohn. Und eines Abends, als es Kürbisbrei gab mit Zucker und Rosinen, da fiel ihr ein fremder Geruch auf, der aus der Schüssel emporstieg. Der Jozup mochte wie viele den Kürbis nicht und kriegte was anderes, die Alte bekam mit einemmal die Kolik, ging zu Bett und ließ sich Melissentee kochen, so daß nur sie selbst und das Kind noch übrigblieben, davon zu essen, denn den Leuten war schon vorher zugeteilt worden.

Darum tat sie nur so, als ob sie aß, und gab auch dem Kind nichts, füllte aber, soviel sie konnte, in eine breithalsige Flasche und lief heimlich damit zu der Mutter Enskys, damit sie nun tue, was not war.

Und als der Freitagabend herankam, da sagte die Mutter: »Ich bin in Heydekrug gewesen beim alten Settegast, der hat den Brei untersucht und gesagt, der Pons Stootsanwalts, wenn man's dem anzeigen wollte, wär' mit der Hälfte zufrieden. Und hier auf dem Zettel steht alles.«

Die Marinke nahm den Zettel und ging zum Jozup. »Deine Mutter ist mir die Rechte«, sagte sie.

»Wieso?« fragte er und ließ die Halsbinde los, denn er zog sich eben die Kleider vom Leib.

»Weil sie mich hat vergeben wollen – mich und das Kind.«

Er wurde so rot, als müsse er an ihren Worten ersticken, und riß sich das Hemd am Hals entzwei.

»Ich habe das Versprechen getan, dich niemals zu schlagen«, sagte er, »aber du machst es einem recht schwer.«

»Hier ist der Zettel«, sagte sie.

Er las den Namen des alten Settegast, den jeder ehrte weit und breit, und so rot, wie er gewesen war, so blaß wurde er nun. Und dann ließ er sich alles von ihr erzählen. Auch daß die Mutter Enskys die Probe zur Apotheke getragen hatte, verschwieg sie ihm nicht. »Straf mich, wenn du willst«, sagte sie, »aber das Kind mußt' ich am Leben erhalten, gleichviel, wer sein Vater ist. Und das Beste wird wohl sein, du läßt mich jetzt gehen, sonst gelingt es mir doch nicht.«

»Du und das Kind bleiben hier«, erwiderte er.

»Gut«, sagte sie, »dann muß deine Mutter fort, oder ich zeige sie an.«

»Du zeigst sie an?« fragte er, als ob er nicht recht gehört hätte.

»So wahr ich ein Kind habe, ich zeige sie an.«

Da lief er hinaus, halbnackt, wie er war, und kam die ganze Nacht nicht mehr wieder. Auch am nächsten Morgen war er nirgends zu sehen, erst gegen Mittag trat er mit einemmal aus der Altsitzerstube. Er zitterte am ganzen Leib und sagte: »Ich habe mit der Mutter gesprochen. Was sie jetzt tun muß, das habe ich ihr schon damals prophezeit und habe für alle Fälle mit den Brüdern das Nötigste geordnet. Sie werden die Hälfte aller Einkünfte bekommen und sie dafür in Pflege nehmen, solange sie lebt. Siehst du nun wohl, wie lieb du mir bist – du und das Kind?«

Drei Tage später fuhr die Alte ab. Sie hatte kaum einen Widerspruch zu leisten gewagt, denn sie wußte, die Anzeige drohte.

Als sie auf dem Wagen saß, mit dem der Jozup sie zur Bahn brachte, reckte sie noch einmal den Krückstock nach der Marinke und schrie ihr den schwersten Fluch an den Hals: »Mag der Perkuhns dich treffen nach Bartholomä!«

Und da es bis zum nächsten Bartholomä noch lange hin war, verbesserte sie sich: »Nein, noch vorher, jetzt gleich soll der Perkuhns dich treffen.«

Da zogen die Pferde an, und sie fuhr in die Weite, dorthin, wo kein Litauergott mehr donnert.

XI.

Nun folgten vier Ehejahre, die konnte man glücklich nennen.

In Marinkes Herz wurde das Bild des Jurris allmählich blasser und blasser. Da nun eine Aufpasserin nicht mehr vorhanden war, hätte sie manches liebe Mal nach seinem Grab sehen können, aber es drängte sie nichts mehr dorthin.

Der Kleine wuchs zu einem kräftigen Strampler heran, der sich die Butter vom Brot nicht nehmen ließ und seinen Willen vom Morgen bis zum Abend in die Welt hinauskrähte.

Der Jozup konnte nicht satt werden, ihn darin zu bestärken, und wenn der Junge recht unartig war, sagte der Vater: »So ist's gut, mein Lümmelchen. Pech und Teer sind Verwandte.«

Er lehrte ihn Schweine treiben und die Kühe zur Weide führen und setzte ihn jedem Tier auf den Rücken, das gerade zur Hand war. Mit vier Jahren ritt er bereits auf der bockigen Schimmelstute, und die war auch sonst nicht die frömmste.

Von Monat zu Monat wurde das Leben inniger zwischen den beiden, und als der fünfte Frühling herankam und die künftige Schulzeit schon drohte, da nahm der Jozup ihn morgens sogar auf das Feld mit. Er ließ ihn die Lenkstange der Pflugschar anfassen, er gab ihm einen Zipfel des Sälakens zu tragen und meinte: »Das muß das erste sein, was ein Wirtssohn erlernt, sonst nützt ihm kein Schreiben und Rechnen.«

Ein Glück war's – ein unaussprechliches und nie besprochenes –, daß noch immer kein Zeichen sich meldete, der kleine Jurris werde ein Brüderchen oder ein Schwesterchen kriegen. Es war geradeso, als ob der Himmel selbst darüber wachte, daß in dieses ängstliche Wohlsein Bestand und Ruhe allmählich einkehrte.

Im Enskysschen Haus aber lagen allabendlich zwei alte Leute auf ihren Knien und flehten zum lieben Gott, er möge sie davor behüten, einsam in die Grube zu fahren, und ihnen den Großsohn und Erben zurückgeben.

Und endlich, endlich wurde ihr Gebet erhört. Die Marinke mochte sich noch so sorgsam verstecken, die Dienstleute trugen es doch hinaus, und bald wußte das ganze Dorf, daß sie gesegneten Leibes war.

Der Jozup ging umher wie ein Wüterich und erklärte, wer ihm den Knaben nehmen wolle, den schieße er nieder.

Aber als die beiden Enskys von seinen Reden hörten, da lachten sie nur, denn sie hatten es schriftlich.

Und eines Tages waren sie dreist genug und erschienen beide im Hoftor.

Die Marinke, die im achten Monat war und nur noch leichte Gartenarbeit verrichten konnte, saß hinten in den Zuckerschoten und ließ die Alten unbemerkt an den Staketen vorbeiziehen. Die aber hatten sie wohl gesehen und wollten gerade in den Garten einbiegen, da stießen sie auf den Jozup, der eben aus dem Haus trat.

»Ihr wollt wohl, daß ich den Hund losmache?« sagte er ihnen zum Gruß.

Die Großelternliebe war stärker in ihnen als jegliche Angst, und obwohl der Alte sich ein wenig hinter der Mutter verkroch, soviel Klugheit hatte er doch, um zu sagen: »Ich würde an deiner Stelle versuchen, dich mit uns zu verständigen, denn vor den Behörden bist du ja machtlos.«

Da dachte er nicht anders, als sie würden wohl mit sich handeln lassen, und lud sie ein, in die Stube zu treten.

Aber bald sah er ein, daß sie auf ihrem Schein bestanden und nur Gewißheit haben wollten, wann sie das Kind heimholen könnten.

Vor seinem Sinn stand nur der eine Gedanke: wie sich den Sohn erhalten, an dem seine Seele hing. Für einen Augenblick stieg wohl der Wunsch in ihm hoch, das Heimliche zu offenbaren, das ihn mit dessen Leben verband, aber er warf ihn sogleich wieder von sich, denn er hatte inzwischen wohl erkannt, daß, wenn die Marinke, mochte sie sonst noch so weich sein, zu einer Sache entschlossen war, nichts auf der Welt sie davon abbringen konnte.

Und ihren Leichnam aus dem Haff fischen – das wollte er doch nicht.

In seiner wilden Ratlosigkeit suchte er hin und her, ob nicht ein einziger Grund sich finden ließe, mit dem er sein Fleisch und Blut sich für immer erobern könnte. Aber es fiel ihm kein anderer ein, als der, mit dem er sein Weib nun schändete.

»Jurris habt ihr ihn ja genannt«, sagte er, »aber was wißt ihr, ob er wirklich dem Jurris sein Kind ist?«

Die Mutter Enskys hob die gefalteten Hände zu ihm auf, als wollte sie ihn anflehen, den Schlag *nicht* zu tun, der ihnen die Hoffnung raubte. Der Alte aber tanzte um den Jozup herum und schrie immerzu: »Wer ist es? Wer ist es? Wer ist es?«

Und er – mehr aufs Geratewohl, als weil er sich eines bestimmten Verdachtes bewußt war – entgegnete dieses: »Nun – es kann ja zum Beispiel – der – Wieszpatis gewesen sein. Nicht umsonst hat er Kinder sitzen weit und breit – und sie ist drei Jahre lang bei ihm auf dem Hof gewesen.«

Die Mutter sank auf den Stuhl wie vom Blitz getroffen, der Alte aber rannte spornstreichs hinaus und in den Garten – dorthin, wo die Marinke vorhin gearbeitet hatte.

Erschrocken erhob sie sich von der Erde, denn sie dachte, der Jozup wolle dem Alten zu Leibe, da schrie er auch schon: »Nun ist es heraus, du Weibsbild! Dem Wieszpatis Seine bist du gewesen. Und das Kind ist von ihm. Gesteh, daß das Kind von ihm ist!«

In ihrer großen Überraschung dachte sie nicht anders, als es sei durch ein Unglück alles ruchbar geworden, was sie sich selber kaum eingestand, und den Kopf auf die Brust herabneigend, entgegnete sie: »Wenn du es weißt, warum fragst du mich erst?«

Da rannte er spornstreichs zurück und schrie es durch Garten und Hof: »Sie hat gestanden, daß der Wieszpatis der Vater ist. Sie hat es eben gestanden.«

Der Jozup, der aus dem Haus trat, wurde so gelb wie die Asche im Eimer. Er nahm den Alten beim Wickel und schleppte ihn vor das Hoftor. Dort gab er ihm noch einen Stoß mit dem Absatz und überließ ihn seinem weinenden Weib. Dann ging er der Marinke entgegen, die mit vorgeschobenem Leib mühsam aus dem Garten kam.

Sie dachte: Er sieht geradeso aus, als sei er der Henker. Aber da sie wußte, daß nichts auf der Welt sie aus seinen Händen erretten konnte, so gab sie sich drein.

»Geh ins Haus«, sagte er und blieb ihr dicht auf den Hacken.

Dann peitschte er die Mägde hinaus, die ängstlich um die Feuerstätte standen, und folgte ihr in die Stube.

Sie mußte sich niedersetzen, so beinschwach war sie geworden, und seine Augen stachen nach ihr wie grüne Lichter zur Nachtzeit.

»Also wie war das mit dem Wieszpatis?« fragte er ganz freundlich.

»Wie wird's gewesen sein?« sagte sie. »Er war doch der Herr, und ich war die Magd. Und wenn ich sonnabends zur Abrechnung kam, dann hat er gesagt, ich gefall' ihm.«

»Und das ging so die ganzen Jahre lang?«

»Solang' ich die Meierei unter mir hatte, wird's wohl gegangen sein.«

»Und als du merktest, daß du ein Kind von ihm trugst, da suchtest du dir den Jurris als Vater dazu?« fragte er immer noch freundlicher.

Sie schüttelte den Kopf. »Nein, das war anders.« Und nun berichtete sie ihm der Wahrheit nach, wie der Wieszpatis sie noch einmal nach Augustenhof hatte hinkommen lassen – der Jozup selber war ja Vermittler gewesen – und wie sie allein hatte fahren müssen, weil der Jurris nicht war zu finden gewesen. Da hatte der Herr gesagt: »Wir wollen nun Abschied feiern, Marinke.« Und sie hatte gebeten und gefleht: »Ach lassen Sie mich doch gehn, Ponusze.« Aber er war ja der Herr, und hatte sie ihm schon so oft den Willen getan, daß sie meinte, sich ihm auch diesmal nicht weigern zu dürfen. Und von daher war alles Unglück gekommen.

Er sagte: »Ich habe das Gelöbnis getan, dich nicht zu schlagen. Und das ist dein Glück, sonst würdest du wohl nicht lebendig aus dieser Stube kommen. Auch sollst du mir zuerst einen Sohn zur Welt bringen, denn das bist du mir jetzt schuldig. Was ich dann aus dir machen werde, das weiß ich noch nicht. Aber ich rate dir, den Bengel, den du mir hergeschleppt hast, den schaffe mir aus den

Augen. Denn Herrensohn ist Hurensohn. Und kommt er mir in den Weg, so schmeiß' ich nach ihm mit allem, was ich grad finde. Und wenn es der Schleifstein ist.«

Die Marinke hob die Arme nach ihrem Mann auf und weinte und bat: »Wo soll ich hin mit ihm in meinem Zustand?«

»Das geht bloß dich an«, entgegnete er und schritt aus der Tür.

Sie rannte, so rasch sie konnte, hinter ihm drein, um den Kleinen vor ihm zu sichern, der wohl irgendwo bei den Pferden im Gras saß. Und sie fand ihn auch glücklich und wartete ab, bis der Weg frei war, dann zog sie ihn rasch in die Klete.

»Hole mir Betten für mich und das Kind«, sagte sie zu der Hausmagd, »denn hier werd' ich wohnen, bis meine Stunde gekommen ist.«

Und der Kleine schrie nach dem Vater, er wolle hinaus und mit ihm spielen, wie er's gewohnt war. Und sie hielt ihm den Mund zu aus Furcht, der Jozup möchte eindringen und mit ihm tun, was er gedroht hatte.

In der Klete hielt sie sich mit dem Jurris wohl vierzehn Tage auf und traute sich nicht, sie zu verlassen. Und die Mägde sorgten gut für sie, denn sie war ihnen immer eine freundliche Herrin gewesen.

Der Jozup aber gab keine Ruhe. Wenn er an der Klete vorbeiging, schüttelte er die Faust nach dem Fenster und stieß Schimpfwörter aus, wie man sie sonst nur an schlechten Orten hört.

Er nannte sein Weib eine »Klorke«. Und »Szunjôda« und »Pajudêle« nannte er sie. Das sind Namen, die man am besten ins Deutsche nicht überträgt.

Und drohen tat er ihr auch und immer aufs neue. Sie konnte das Fenster noch so fest schließen, sie hörte und verstand ihn in allem. »Denke nur nicht, daß du straflos ausgehen wirst, mein Täubchen, weil ich das Gelöbnis getan habe, dich niemals zu schlagen. Ich werde mir jemand kommen lassen, der wird das alles statt meiner besorgen. Der wird dir mit der Bratpfanne den Rücken salben und wird dir die Beine mit Ruten streichen, so daß du das ganze Jahr über glauben wirst, heute feiern wir Ostern.«

Und die Marinke lag zitternd allnächtlich und dachte: »Wer mag
es nur sein, den er meint?« Aber niemand fiel ihr ein, der den Willen haben konnte, an ihr zum Quälgeist zu werden.

Am allermeisten hatte sie Angst um den Knaben, dem der Jozup
Tag für Tag ans Leben gehen wollte. Und in dem Maße, als ihre Zeit
sich verkürzte, wurde die Unruhe größer in ihr, daß er, wenn sie
nicht mehr auf ihn aufpassen konnte, dem Zorn des Vaters verfallen
war.

XII.

Eines Nachmittags – es war zu Ende August, und die Leute arbeiteten draußen im Grummet –, da sah die Marinke durch das Fenster der Klete, daß der Jozup den Spazierwagen anspannte, sich einen Korb mit Essen und Trinken aufladen ließ und davonfuhr.

Da wartete sie nicht länger, zog dem Kleinen die Sonntagskleider an und schmückte sich selber, so gut es ihr Zustand erlaubte. Dann wagte sie sich hinaus in das Freie. Die Hausmagd war die einzige, die auf dem Hof geblieben war. Sie fragte sie nicht, wohin der Jozup sich begeben habe, sondern sagte nur im Vorbeigehn: »Ich will jetzt den Kleinen wegbringen. Erzähle dem Herrn nichts davon, auch wenn ich zur Nacht nicht zu Haus bin.«

Und das tat sie aus Vorsicht, denn ob sie auch fortgehen wollte, so wußte sie doch nicht, wohin. Und die Magd sah ihr kopfschüttelnd nach.

Sehr schwer war es, auf dem Weg zu bleiben, wenn Leute ihr entgegenkamen, denn das Geschehene war ja längst allen bekannt; aber jeder grüßte sie freundlich, wenn er auch nicht mit ihr sprach. Als sie an dem Enskysschen Hof vorbeigehen wollte, in dem sie so glückliche Tage verlebt hatte, da überfiel sie der Jammer, so daß sie sich weinend auf den Grabenrand setzte. Und eine Stimme sprach in ihr: »Kehre an! Vielleicht daß die Mutter dich nicht fortweist und einen Rat für dich hat!«

Und siehe da! Es traf sich so günstig, daß der Alte auch auf dem Feld war und die gute Mutter sich keinen Zwang anzutun brauchte.

Sie hob den Knaben gleich auf den Schoß und sagte: »Da ist er nun, um den wir Jahre und Jahre gebetet haben, und ist ein Jungchen, so hübsch wie ein Bild. Nun müßte er bloß noch zu uns gehören.«

Und sie küßte ihn und sagte weiter: »Wenn der Jurris noch lebte, der würde es nie erfahren haben und hätte ihn liebgehabt wie sein eigenes. Weiß Gott, mir wär' es gleich! Ich würd' ihn auch weiter liebhaben, schon weil er von dem Jurris ein Erbstück ist. Aber der Enskys, der will nicht. Der spuckt aus.«

Die Marinke streichelte ihr den Ärmel und bat: »Sag, Mutter, was soll ich tun?«

Und die Enskene erwiderte: »Es ist doch ein Vater da. Der muß sich jetzt kümmern.«

Marinke erschrak in tiefster Seele, denn nie hatte sie daran gedacht, daß sie dem Wieszpatis mit ihren Angelegenheiten lästig fallen dürfe.

Und die Mutter Enskys fuhr fort: »Wenn er erfährt, daß sein Fleisch und Blut ganz und gar verkommen muß und ohne Heimat ist, so wird er es zu sich nehmen. Denn nicht umsonst sagen alle, daß er ein guter Mann ist und ein gerechter Mann.«

Die Marinke bebte, und eine große Mattigkeit kam über sie. Beinahe wäre sie von der Bank herab auf die Erde gesunken. Aber die Mutter Enskys hielt sie fest und sagte: »Daß es dir schwerfällt, kann man sich denken. Es trifft sich aber gut, daß wir die Woche haben, darum kannst du gleich mit dem Milchfuhrwerk mitfahren, das der Hütejunge kutschiert.«

»Aber bei den andern anhalten, wenn er die Kannen einsammelt, das bring' ich nicht übers Herz«, sagte die Marinke.

Und die Mutter fand, daß das gar nicht nötig sein würde, der Junge könne ja erst die Runde machen und sie dann abholen kommen. Und so geschah es.

Es war schon dunkel, als sie mit dem Kleinen auf Augustenhof eintraf. Der Schweizer in der Meierei sah sie mißtrauisch an, aber sie kümmerte sich nicht um ihn, sondern nahm den kleinen Jurris bei der Hand und schlug den Weg zum Herrenhaus ein.

Als sie an den Bach kam, der vom Hofteich in den Garten läuft, schlug ihr das Herz so sehr, daß sie meinte, über das Brückengeländer fallen zu müssen, und als sie gar lachende Stimmen auf der Veranda hörte und milchfarbene Windlichter sah, da war es vollends mit ihren Kräften zu Ende.

»Wer ist da?« hörte sie die Stimme des Herrn.

Und da sie nicht zu antworten vermochte, sagte er weiter: »Sieh doch einmal nach, Agnes, wer da ist.«

Ein junges Mädchen kam die Treppenstufen herab – sollte das wirklich die Agnes sein? – und fragte: »Was wünschen Sie?« Und da sie noch immer nicht antwortete, rief das Mädchen hinauf: »Eine Frau ist da mit einem Kind, aber sie spricht nichts.«

Da kam er, der Herr, selber die Treppe herab. Und sie neigte sich vor ihm und küßte ihm den Ärmel.

»Ich kann nicht recht sehen«, sagte er. »Bist du etwa die Marinke?«

Da bekam sie die Sprache wieder und sagte: »Die bin ich.«

»Komm herein«, befahl er und schritt ihr und dem Kind voran die Stufen empor, an lauter Herrenleuten vorbei – jungen und alten –, es waren deren mindestens sechs oder sieben. Sie erkannte die gnädige Frau, der küßte sie rasch noch die Hand, und dann ging sie durch die Sommerstube und den Saal und den mittleren Korridor immer hinter ihm her, und der Kleine war tapfer und quarrte nicht im geringsten.

Und so kamen sie in sein Arbeitszimmer, das am Giebelende gelegen war und drei Polstertüren hatte, eine rechts, eine links und eine zum Korridor hin, durch die sie nun eintraten.

Er drehte das elektrische Licht an, das sie noch nie gesehen hatte, denn damals war es Petroleum gewesen. Da stand noch der Schreibtisch, an dem sie sonnabends immer Rechnung gelegt hatte, und das Ruhebett in der linken Fensterecke stand auch noch da. Und alles war überhaupt, als sei sie nie weg gewesen.

Er hatte sich unter den Kronleuchter gestellt und betrachtete sie lange, aber von dem Kind, das sie erwartete, und auch von dem, das sie an der Hand hielt, sagte er nichts, sondern begann so:

»Es hat mir leidgetan, Marinke, daß dein Mann mir vor ein paar Jahren die Milch gekündigt hat. So sind wir ganz außer Verkehr gekommen, und ich weiß nichts mehr von dir. Du hast dich in der ganzen Zeit nicht einmal an mich gewandt, und das passiert mir in ähnlichen Fällen eigentlich niemals. Ich will nicht sagen, daß ich dir das besonders hoch anrechne, denn wenn ich kann, helf' ich gerne. Aber nun setz dich hin, denn du wirst müde sein, und sage, was fährt dich her?«

Sie dachte bloß immer: »Und sein Kind sieht er nicht an.«

Aber nun, wie sie sich auf die äußerste Kante des Ruhebetts setzte und das Kind zwischen die Knie nahm, da sah er es doch.

»Ei, ei, das ist ein strammer Kerl geworden«, sagte er und streckte von seinem Schreibtisch her lockend die Hand aus, wie man ein Hündchen lockt.

Aber der Kleine wollte nicht und drückte sich nur um so enger an sie.

»Wie werd' ich's ihm bloß sagen?« dachte sie. »Das Beste wird wohl sein, ich geh' wieder weg, wie ich gekommen bin.«

»Nun also, Marinke, erzähle.«

»Ich hab' nichts zu erzählen, Ponusze.«

»Na, na. Umsonst macht eine Frau, der es schwerfällt, nicht einen so weiten Weg. Also sag, braucht dein Mann eine Hypothek oder möcht' er bauen oder sonst was? Ich geb', was er will, denn ihr seid mir sicher.«

»Mein Mann braucht keine Hypothek«, sagte sie, »und bauen möcht' er auch nicht, aber es ist 'rausgekommen, was zwischen ihnen gewesen ist, Herrchen, und mir.«

Er wandte sich auf dem drehbaren Sitz kurz nach ihr um, so daß es knarrte, und machte sich ganz krumm, um ihr mit finsteren Augen scharf ins Gesicht zu sehen. Der Lampenschein fiel hart auf ihn herab.

»Er ist ganz grau geworden«, dachte sie. Und nun sah er vollkommen so aus, als wär' er der Herrgott. Aber wie ein strenger und zorniger Herrgott sah er aus.

»Nur du und ich haben's gewußt«, herrschte er sie an, »und von mir hat's keiner erfahren.«

Sie hätte nun sagen müssen: »Von mir auch nicht«, aber ihre Angst vor ihm war so groß, daß sie sich keine Antwort getraute.

»Ich werd' denn man gehen«, sagte sie und versuchte aufzustehen. Aber sie war so schwach, daß sie wieder zurückfiel.

Da sah er wohl, daß er zu schroff zu ihr gewesen war. Die geschaffene Karaffe stand immer noch auf dem Tisch. Aus der schenkte er ihr ein Glas Wein. Und das Büchschen mit Schokolade, aus dem sie manches liebe Mal hatte naschen dürfen, hielt er dem Kleinen hin. Der wollte erst nicht, aber was ihm in die hohlen Händchen geschüttet wurde, das nahm er.

»Nun laß uns vernünftig reden«, sagte der Herr, »und erzähl alles.« Aber sie konnte nicht. Sie saß bloß so da und sah vor sich hin.

»Marinke«, sagte der Herr, »du bist einmal die Freude meiner Feierabende gewesen, und ich habe dir nie dafür gedankt. Du hast einen großen Stein bei mir im Brett. Denk daran und faß dir ein Herz.«

Da faßte sie sich ein Herz und sagte frischweg: »Das Kind hier ist *Ihr* Kind, Ponusze.«

»Ei der Deiwel«, sagte er und lachte hellauf, »das ist ja ganz was Neues.« Dann nahm er den Kleinen bei der Hand, führte ihn unter die Lampe und betrachtete ihn von oben bis unten. »Wie gesagt, stramm ist er. Wenn er sich auswächst, kann er mir schon ähneln. Denn das weißt du ja, sie ähneln mir alle.«

Ja, das wußte sie wohl. Manchmal arbeiteten fünf oder sechs auf dem Hof. Wenn man die in eine Reihe stellte, sah einer aus wie der andere.

Und er fuhr fort: »An sich wär's also schon möglich. Aber ich denk', es ist deinem ertrunkenen Bräutigam seiner. Von dem, soviel ich weiß, hat er ja auch den Namen.«

»Das ist richtig«, entgegnete sie, »aber von dem Jurris ist er nicht. Und von meinem jetzigen Mann ist er auch nicht.«

»War der denn auch dabei?« fragte er, und sie konnte nicht anders als Ja sagen.

»Du – das ist aber ein bißchen reichlich«, rief da der Herr und wußte vor Lachen sich nicht zu halten. Ach, dies Lachen tat ihr sehr weh!

Bis jetzt hatten sie deutsch miteinander gesprochen. Aber die Marinke sah ein, daß sie in der fremden Sprache nicht vorwärtskommen würde, wenn sie ihm alles sagen wollte. Und das mußte sie jetzt tun, denn er allein konnte sie verstehen, und es drückte ihr längst schon das Herz ab.

Darum begann sie auf litauisch zu erzählen, wie alles gekommen war. Er hörte ihr aufmerksam zu und wurde ernster und immer noch ernster.

Mitten darin griff er mit der Hand nach dem Kleinen und hob ihn sich auf das Knie. Und der hatte jetzt gar keine Furcht mehr vor ihm und lutschte still weiter.

Als sie fertig war, fuhr er ihm durch den Wuschelkopf und setzte ihn sacht auf die Erde. Sie kannte die Gewohnheit des Herrn. Er mußte die Beine freikriegen zum Rumgehen, denn das tat er immer, wenn ihm das Herz von irgendwas voll war.

Er ging und ging, und dann klingelte er und sagte dem eintretenden Mädchen: »Man soll nicht auf mich warten – ich habe zu tun.« Einst war sie selbst dieses Mädchen gewesen, und oft hatte er dasselbe zu ihr gesagt. Und dann ging er immer noch länger.

Schließlich blieb er vor ihr stehen und fragte: »Wie wirst du nach Hause kommen?«

»Der Enskyssche Milchwagen wartet auf mich«, entgegnete sie.

Der große Augenblick war nun da. In ihm mußte das Schicksal des Kindes sich entscheiden.

»Die Enskene hat gemeint«, stotterte sie, »weil es doch dein Fleisch und Blut ist, Herrchen, und ich nicht weiß, wohin mit ihm, so würdest du es vielleicht in Pflegschaft nehmen und es großziehen lassen auf deinem Hof. Von Instleuten wohnen ja bei dir so viele.«

Ursprünglich hatte sie weit Größeres von ihm erbitten wollen, aber jetzt, da sie das vornehme Herrschaftshaus wiedergesehen hatte, fühlte sie, daß auch dieses wenige schwer zu erfüllen war.

»Du vergißt, Marinke«, sagte er, »daß da draußen die gnädige Frau sitzt, der ich Rechenschaft schuldig bin. Das Gerede würde sehr bald auch ihr zu Ohren kommen, und dann gäbe es Gram ohne Ende. Daß ich damals ihrem Wunsch nachgab, mit zu deiner Hochzeit zu kommen, war schon viel, aber ich mochte es ihr nicht abschlagen – auch um deinetwillen nicht, Kind, weil du so außer jedem Verdacht bliebst. Kommt's nun aber heraus, dann ist jenes eine Verfehlung gewesen, die ich nie wieder gutmachen kann.«

Die Marinke verstand nicht recht, was er meinte, aber daß ihr Verlangen eine Vermessenheit war, daß wußte sie nun.

»Ich werd' denn man gehn«, sagte sie zum zweiten Male. Diesmal fiel sie nicht von selbst zurück, sondern wurde von ihm an der Schulter gefaßt und festgehalten, so daß sie das Aufstehen vergaß.

»In den sechsundzwanzig Jahren, die ich hier bin«, sagte er, »ist kein Fremder ohne Trost aus dieser Stube gegangen, und dich, die ich mal sehr gern gehabt habe, die sollte ich einfach in die Nacht hinausschicken? Das geht nicht, Marinke, wenn ich dir auch leider was anderes als Geld nicht zu bieten hab'.«

»Ich will kein Geld!« stieß sie hervor.

»Verachte das Geld nicht«, ermahnte er sie. »Denn es macht die Bösen gut und die Harten gefügig. Ich gebe sonst jeder, die ein Kind von mir hat oder wenigstens sagt, daß es von mir ist, tausend Taler mit auf den Weg. Und noch keine hat sich beklagt. Diesem Jungchen will ich eine Mitgift geben, dreimal so groß, so daß er als ein wohlhabender Erbe gelten kann, und du wirst sehen, er findet seine Heimat noch heute abend.«

Damit setzte er sich an den Schreibtisch und schrieb einen Schenkungsbrief über zehntausend Mark, und noch vieles andere schrieb er dazu, wie die Zinsen zu erheben seien und wie das Kapital einst ausgezahlt werden sollte. Das unterstempelte er mit dem Stempel des Amtsvorstehers, dessen Dienst er selber versah, und reichte es der Marinke.

Die dachte bloß immer das eine: »Aus mir kann nun werden, was will. Das Kind ist fürs Leben geborgen.«

XIII.

Als die Marinke mit ihrem schlafenden Jungchen auf dem Enskysschen Hof einfuhr, saß die Mutter geradeso wartend im Mondschein wie an jenem Abend vor sechs Jahren, von dem alles Unglück seinen Ursprung hatte.

»Der Vater ist schon lange zur Ruhe«, sagte sie, »drum komm herein und stärke dich.«

Und nun saß die Marinke an der Feuerstelle genauso wie damals und aß und wußte nicht, was sie aß. Der Kleine aber schlief immer weiter.

Und die Mutter verlangte, sie solle erzählen.

Da zog sie den Schenkungsbrief aus der Tasche und reichte ihn ihr.

Die Mutter traute ihren Augen erst gar nicht und ließ sich die Summe immer wieder von neuem sagen, bevor sie sie glaubte.

»Aber dann ist ja alles gut«, sagte sie, »und dann will ich erst mal den Vater wecken.«

Die Marinke hatte Angst, der Alte würde sie und das Kind sofort zu Tür hinausweisen, aber die Mutter lachte nur, nahm den Brief und ging damit nach den Stube.

Es dauerte eine ganze Weile, ehe sie wieder da war, und hinter ihr in Hose und Hemd, die Schlorren auf nackten Füßen, kam der Alte gesprungen – wie ein Wiesel kam er gesprungen – und bot der Marinke den Willkomm und klatschte den Kleinen aufs nackte Knie und wollte ihn selber ins Bettchen tragen, denn Kinder müßten mit den Hühnern zur Ruhe.

Die Marinke wußte nicht, wie ihr geschah. »In was für ein Bettchen?« fragte sie.

»Nun, das für ihn bereitsteht schon seit Jahren.« Und er habe immer gesagt, das mit dem Wieszpatis sei nichts wie ein Schwindel. Das habe der Jozup sich ausgedacht, um ihn und die Mutter zu täuschen. Und nun sei es offenbar, denn für eigene Kinder gebe der

Herr Westphal so viel bares Geld nicht aus, sonst wäre er längst schon ein Bettler.

Und als die Marinke ihm verwundert dreinreden wollte, stieß die Mutter sie an und sagte ihr leise: »Laß ihn nur immer. Er redet sich's ein und wird's auch den andern einreden – und so ist's am besten.«

Da gedachte die Marinke der Worte, die der Herr zu ihr gesprochen hatte, ehe er die Schenkung niederschrieb, und dankte Gott, daß der Kleine nun wirklich die Heimat gefunden hatte noch am heutigen Abend.

Sie ließ es sich nicht nehmen, ihn selber auszuziehn, denn sie wußte wohl, daß es zum letzten Male geschah. Dann tat sie noch ein Gebet über ihm, siegelte ihm den Mund mit dem Zeichen des Kreuzes und ging vor die Haustür.

Dort standen die beiden und warteten ihrer.

»Ach, möchten sie mich doch einladen, bei ihnen zu bleiben!« dachte die Marinke. Aber sie taten es nicht. Wie konnten sie auch!

»Das Schriftstück bleibt in meiner Hand«, sagte der Alte, »denn ich bin der Vormund.«

Und die Mutter geleitete sie noch eine Strecke ins Dunkel hinein und sagte zum Abschied: »Ich bin gesund und erst vierundfünfzig. Zwanzig Jahr' hab' ich gewiß noch. Und so lange wird es ihm gutgehn, das weißt du.«

Ja, das wußte die Marinke, und sie dankte ihr mit Tränen.

»Was wird aber mit dir werden?« fragte die Mutter.

»Bet für mich, daß ich im Kindbett sterbe«, sagte die Marinke und ging von ihr fort...

Der Mond stand hoch – es war schon ein Herbstmond –, aber die Luft wehte warm wie im Juni.

Als die Marinke sich dem Wolfsnest näherte, überkam sie ein Schaudern. Der Hofhund würde bellen, bevor er sie noch erkannte, und darauf würde der Jozup, der einen leisen Schlaf hatte, hinausrufen: »Wer ist da?« Und wenn sie dann sagte: »Ich bin es – ich, die Marinke«, dann würde das Schimpfen losgehen – Klorke und Szunjôda und Pajudêle und alles, womit er sie sonst noch traktierte.

Sie hielt an und tat einen tiefen Atemzug. Niemand paßte ihr auf. Sie konnte die Nachtstunden nützen, wie es ihr einfiel. Aber wo sollte sie sie hinbringen? Denn sonst eine Heimat hatte sie nicht. Da fiel der Kirchhof ihr ein, auf dem sie so lange Zeit nicht gewesen war. Wie eine Erleuchtung kam es da über sie.

Auf dem Grab des Jurris zu sitzen bis an den Morgen, das war es, was ihr jetzt fehlte. Da sah sie keiner, da hörte sie keiner, da konnte sie keiner anschreien und schimpfen.

So schlug sie also den Weg zum Kirchhof ein, den sie beinahe vergessen hatte.

Das Grab des Jurris war gar nicht so leicht zu finden, denn ringsherum hatte manch neuer Pilger sich angesiedelt, und die Gesträuche waren auch höher geworden. Aber schließlich unterschied sie es doch und setzte sich auf den Hügel, dessen sandiges Erdreich die Judenmyrte spärlich begrünte.

Einen neuen hölzernen Pfosten hatten die Eltern errichtet. Der war inzwischen schon wieder alt geworden, denn die Inschrift auf der Tafel schien blaß und von Regen verwaschen, soviel man im Mondschein erkannte.

»Bald werden sie ihn alle vergessen haben«, dachte sie, und ihr schien's, als sei sie ihm doppelt und dreifach untreu gewesen. Oft hätte sie Zeit gehabt, das Grab zu besuchen, und keiner hätte danach gefragt. Trotzdem fand sie erst heute den Weg hierher, wie man verlassene Freunde nicht früher aufsucht, als wenn man nicht aus und nicht ein weiß.

»Ach, wenn ich doch ein bißchen weinen könnte!« dachte sie, aber sie hatte heute schon zuviel Tränen vergossen, und ihr war auch gar nicht mehr so schmerzhaft zumute. Nur müde war sie. Darum lehnte sie das abgerackerte Kreuz gegen den Pfosten und dachte: »Hier möcht' ich einschlafen.«

Und das tat sie auch wirklich. Aber bald weckte der Nachtwind sie wieder. Sie lag nun mit geschlossenen Augen und wollte gar nicht mehr aufstehen.

Es war eine große Stille ringsum, nur die harten Baumblätter rieben sich ab und zu aneinander, und in dem Gras raschelte es, wenn irgendein Getier sich bewegte.

Sie dachte an alle die Geister, die auf so einem Kirchhof zur Nachtzeit ihr Wesen treiben, aber sie fürchtete sich nicht im mindesten, denn unter ihnen wäre auch der des Jurris gewesen, und der hätte sie schon beschützt.

Über diesem Gedanken schlief sie von neuem ein, und ihr war im Traum fortwährend, als stünde er neben ihr und streichelte ihr die Backe. Aber wie sie wieder einmal erwachte, merkte sie, daß es nur der Wind gewesen war, und da tat es ihr leid, daß sie nicht weiterschlief.

»Jetzt muß ich wohl bald heimgehen«, dachte sie. Da kam das Schaudern wieder, das sie auf dem Weg zum Wolfsnest schon einmal zurückgejagt hatte.

»Was soll ich eigentlich dort?« dachte sie weiter. »Sobald er mich sieht, wird er mich quälen, und die Dienstleute werden nicht wissen, ob ich ihnen noch was zu befehlen hab'. Hier gehör' ich her. Zu meinem Jurrischen. Hierher auf den Kirchhof.«

Und sie beugte sich zur Seite und küßte das Grab, aber ihr kam davon nur Sand zwischen die Zähne. Und mutlos gedachte sie kommender Zeiten.

»Das Kind wird er mir wohl bald wegnehmen«, dachte sie. »Denn ich bin für ihn gar nicht mehr eine richtige Mutter. Bloß die Gimdywe – die Gebärerin – bin ich ihm noch. Ein Kind habe ich ihm zu beschaffen anstatt des anderen, das er verstoßen hat, und dann kann ich abgehen. Er wird schon dafür sorgen, daß sie mich bald hierher auf den Kirchhof fahren.«

Und ihr war zumut, als bliebe sie am liebsten gleich hier.

Und dann dachte sie an alle die Erniedrigungen, die er ihr zugefügt hatte seit jenem Sturmtag, an dem der Jurris ertrank, und an alle die, die er ihr noch zufügen würde – er und der Helfer, mit dem er drohte.

Und sie sagte zu sich: »Nun hab' ich ihm umsonst prophezeit, daß ich ins Haff gehen werde, wenn er der Alten meine Schande verrät.

Denn was er jetzt selber in die Welt hinausschreit, ist ebenso schlimm wie das, was sie damals zu erzählen gehabt hätte.«

Und wie das Bild der Alten vor ihr lebendig wurde, überfiel sie plötzlich ein Erschrecken, so furchtbar, daß sie vom Grab in die Höhe sprang und wie eine Unvernünftige drum herumlief.

Wenn der Helfer, der Peiniger, den er sich kommen lassen wollte, niemand sonst als die Wilkene, die Wölfin war? Was dann? Wohin dann?

Sie rannte nach rechts und rannte nach links, als wollte sie ihr entrinnen und wußte doch nicht wie. Sie anzuzeigen, dazu war es gewiß zu spät, und sie hatte auch nicht den Mut mehr. Wenn das noch zu fürchten gewesen wäre, hätte der Jozup die Mutter niemals zurückgeholt.

Da war es ihr, als sagte eine Stimme: »Er *hat* sie ja gar nicht zurückgeholt.«

Das war natürlich dem Jurris seine Stimme. Entweder er schwebte um sie herum oder sie hatte ihn mit ihren Klagen erweckt, so daß er von seinem Sarg aus zu ihr redete.

Und so warf sie sich vor dem Grabhügel auf die Knie, wühlte die Stirn in den Sand, um ihm näher zu sein, und bat und flehte: »Ach hilf mir doch, Jurrischen, hilf mir doch!«

Und die Stimme sprach weiter: »Gewiß hat er dir nur angst machen wollen, wie man kleine Kinder mit dem Baboczius ängstigt. Und er ist sonst gar nicht so schlimm. Er hat dich liebgehabt schon über fünf Jahr, und du bist so zufrieden mit ihm gewesen, daß du mich ganz vergessen hattest. Glaube nicht, daß ich dir deswegen böse bin. Nein, ich bin dir nicht im mindesten böse. Und weiß ich, daß du da oben froh bist, so hab' ich hier stets meine Ruhe. Nur wenn du weinen kommst, das tut mir weh. Nun aber gehe getrost wieder heim und ertrage geduldig die Prüfungszeit, die Gott der Herr dir gesetzt hat. Der Jozup wird die Wölfin nicht kommen lassen, und auch sonst keinen Peiniger wird er kommen lassen. Und wenn er sieht, wie treu du ihm dienst, dann wird sein Sinn sich wieder zum Guten wandeln, und alles wird werden, wie es noch jüngstens war.«

So sprach der Jurris aus seinem Grab, und sie hörte begierig darauf.

Dann erhob sie sich voll Zuversicht und machte sich bereit, nach Hause zu gehen. Diesmal wandelte kein Schauder sie an, im Gegenteil, sie war wohlgemut, ihr Haupt neuen Leiden beugen zu können. Wenn nur das eine nicht kam, wenn nur die Schwiegermutter, die Wölfin, nicht kam, dann war alles gut! Von ihm selber wollte sie gerne erdulden, womit er sie kränkte.

Sie scharrte den Sand zurecht, den ihr liegender Körper zur Seite gedrückt hatte, zog die Ranken sorgsam darüber her und betete dankbar ein Vaterunser.

Dann machte sie sich auf den Heimweg.

Über dem schwarzen Forst, der den Osten begrenzte, erhob sich bereits ein gelblicher Streif. Der Wind wehte schärfer, und die Vögelchen zwitscherten schon.

Als sie vor dem Hoftor stand, war es halbhell. Darum bellte der Hund auch nicht, der sie von weitem erkannte, und klopfte nur mit dem Schweif gegen die Hüttenwand.

Da, wie sie gerade an dem Wohnhaus vorübergehen wollte, gewahrte sie, daß in der Kleinen Stube noch Licht war. Rasch trat sie zurück und drückte sich gegen den Gartenzaun, in jene Ecke, wo er mit dem Giebel zusammenstößt.

Und wie sie dort stand, wartend und lauschend, da hörte sie aus dem Innern zwei Stimmen.

Die eine gehörte dem Jozup, die andere aber – vier Jahre hatte sie sie nicht mehr gehört, und nie mehr im Leben glaubte sie sie hören zu müssen.

Sie war also *doch* gekommen, die Wölfin! Für sie hatte er heute den Spazierwagen angespannt, sie von der Bahn abzuholen, und die Magd hatte geschwiegen – aus Mitleid.

Wohin nun? Die Enskysschen wollten sie nicht, das Elternhaus wollte sie nicht, der Wieszpatis wollte sie nicht, selbst der Jurris im Grab wollte sie nicht. Der hatte sie heimgeschickt mit List und mit Täuschung.

Sie kehrte sich um auf ihren Hacken und rannte und rannte – ohne Sinn und Verstand –, so rasch ihr Körper es zuließ.

Bloß weg! – Weg aus dem Haus! Weg aus dem Leben! Weg – weg – weg!

Und mit einemmal sah sie vor sich das graublaue Wasser und die schaukelnden Kähne. Und der Schuppen des Jurris war auch da. Noch ehe die Sonne aufging, fuhr sie aufs Haff hinaus – – –

XIV.

Am Morgen desselben Tages segelte in drei Mittelbooten eine Trauergesellschaft aus der Richtung von Karkeln her nordwestlich nach der Nehrung hinüber.

Es waren Männer und Frauen aus dem Kirchdorf Nidden. Die hatten einer Niddnerin, die drüben verheiratet war und im ersten Kindbett hatte dran glauben müssen, das Geleit gegeben.

Da der junge Witwer, um die Heimgegangene zu ehren, ein großes Begräbnis ausgerichtet hatte, so war die Nacht hindurch getanzt und getrunken worden, und alle befanden sich noch in der heitersten Stimmung.

In dem ersten Boot saßen die Eltern der Toten. Die freilich verhielten sich ruhig, aber sie freuten sich doch, daß die anderen so lustig waren, denn nun konnten sie sicher sein, daß man ihres Kindes lange und gern gedenken würde.

Ihre Aufmerksamkeit galt vor allem einem länglichen Bündel, das die Alte vorsichtig in den Armen wog, während ihr Mann achtgab, daß die untere Kante des schlagenden Segels in guter Entfernung darüber hinstrich.

In diesem Bündel barg sich die Hinterlassenschaft ihres Kindes, der Säugling, den sie mit sich genommen hatten, um ihn dem Schwiegersohn aufzuziehen. Drüben bei ihm war Muttermilch nirgends zu finden gewesen, aber ob sie sie eher in Nidden verschaffen konnten, war sehr zu bezweifeln.

Vorläufig sog das Kleine mit Inbrunst an dem Lutschpfropfen, in dem gekaute Semmelkrume mit geriebenem Zucker gemischt war, und wenn es zu schreien begann, bekam es Fenchelwasser zu trinken, wovon man auch nicht sehr satt wird. Und da es die Kuhmilch noch nicht vertrug, so lag die Gefahr nicht sehr fern, daß es kurzerhand in die Ewigkeit zurückreisen würde, aus der es eben gekommen war.

Aber die andern scherten sich wenig um solche Großmuttersorgen. Sie lachten und sangen, und wenn es still wurde, kreiste zur Wiederbelebung die Flasche.

Da bemerkte einer, daß von Nordosten her mit der Richtung des Windes ein leerer Kahn auf sie zutrieb.

Leere Kähne zu treffen bringt Glück, und darum wollte der Steuerer im vordersten Boot halbkehrt machen, um sich die Beute zu sichern. Aber die anderen, die hinter ihm fuhren, riefen ihm zu, er möge das lassen; der Kahn würde in einer halben Stunde von selber am Ufer der Nehrung erscheinen und wäre dann leichter zu bergen als jetzt.

So blieb er also auf seinem Weg, und die anderen folgten ihm nach.

Da – als sie gerade die Windlinie durchstrichen, die von dem leeren Kahn auf sie zulief, vernahmen sie etwas, das wie das Schreien eines kleinen Kindes klang.

Die in den hinteren Booten glaubten natürlich, es käme von dem Bündelchen her, das die Alte hielt, aber die neben ihr saßen, merkten sofort, daß es damit eine andere Bewandtnis hatte.

Nun ließ der Steuerer sich nicht mehr halten und fuhr in kurzem Bogen dem leeren Kahn entgegen.

Der war aber nicht leer, sondern wie sie alle zu ihrer Verwunderung erkannten, lag auf dem Boden ausgestreckt eine bewußtlose Frau und zu ihren Füßen ein Neugeborenes.

Die Weiber drängten die Männer zurück, damit deren Augen die Scham der Geburt nicht entweihten, und die beiden erfahrensten stiegen sacht in den Kahn, der Ohnmächtigen die ersten Dienste zu leisten.

Dort aber, wo das Bündelchen unter dem Segelrand lag, sagte der alte Mann leise zu seiner Frau: »Laß uns dem Herrn ein Dankgebet sprechen, denn mir scheint, er hat uns vom Himmel Nahrung geschickt für das Kleine.«

Und die Großmutter sprach: »Frohlocke nicht zu früh. Das dort ist kein Jungfernkind. Sie sieht aus wie eine vermögende Bauernfrau und wird uns bald wieder verlassen.«

Für alle Fälle aber erboten sie sich, die fremde Wöchnerin in Pflege zu nehmen, und die andern waren zufrieden, daß sie es nicht brauchten.

So geschah es, daß die Marinke, die hinausgefahren war, sich in den Wellen die ewige Ruhestatt zu suchen, in einem weichen, warmen Federbett wieder erwachte und statt des einen Kindes, dem sie das Leben gegeben hatte, deren zwei in der Wiege neben sich vorfand.

Und ob sie auch zum Verwundern und zum Fragen zu schwach war, so nahm sie sie doch gleich an die Brust, und die gab willig Nahrung für beide.

Dann, als man zu wissen begehrte, woher sie sei und wie sie sich nenne, da weinte sie nur und wollte nicht reden.

Es mußte aber die Meldung an das Standesamt gehen, und da sie auch am zweiten und dritten Tag nichts tat als weinen und schweigen, so wußten die beiden sich kaum einen Rat mehr.

Nun traf es sich aber, daß damals in Nidden der Pfarrer Hoffheinz Seelsorger war, der jüngere Bruder des Superintendenten, den die Tilsiter heute noch preisen. Das war gleich diesem ein lebensfroher und gottgefälliger Mann, der die Litauer liebte, als wäre er einer von ihnen, und allen, die seines Schutzes bedurften, Ratschlag und Zuflucht bot, soweit sein Arm sich erstreckte.

Der sagte: »Sie scheint großes Leid erfahren zu haben. Darum laßt sie in Ruhe bis an den neunten Tag. Die Behörden werd' ich solange auf mich nehmen. Und ist sie erst wieder bei Kräften, dann will ich sie selber befragen.«

Das war das Richtige. Am neunten Tag trat er zu ihr an das Bett, schloß die Stubentür ab und verweilte bei ihr wohl an die zwei Stunden.

Und als er wieder herauskam, hatte der fröhliche Mann die Augen voll Wasser und sagte: »Hier hat Gott ein Wunder getan.«

»An uns auch«, sagte der Alte, »denn ohne sie wäre das Kind der Anikke schon unter der Erde.«

Von nun an dauerte es keine zweite Nacht mehr, da erfuhr der Jozup Wilkat, wo sein Weib geblieben war – und mit ihr das Kind, das sie nach seinem Glauben ihm schuldete. Und weil er sich schämte, sie in den Tod getrieben zu haben, war er sehr froh und machte sich auf, sie heimzuholen – sie und das Kleine.

Das aber war es gerade, wovor die Marinke zitterte bei Tag und bei Nacht und das zu verhüten der Pfarrer ihr hilfreich sein wollte.

Und er, der klug war wie einer, hatte Befehl gegeben, daß, wenn ein Mann im Dorf herumfragte, wo die Kiekutis wohnten, bei denen die Fremde sich aufhielt, kein einziger es wissen dürfe – nicht einmal der Schulze –, und daß man ihn, wenn er durchaus keine Ruhe gab, ins Pfarrhaus weise; da könne er's wahrscheinlich erfahren.

So kam es, daß der Jozup, der wütend von einem zum andern lief und alsbald erkennen mußte, daß man ihn narre, schließlich einem Mann ins Angesicht sah, mit dem sich nicht so leicht umspringen ließ wie mit einem schutzlosen Weib.

Ja, das Weib – das sei ihm egal, das könne seinetwegen gehen, Filzschuhe wichsen, aber das Kind – das Kind, das müsse er haben, tot oder lebendig.

Nun war der Pfarrer Hoffheinz aber ein guter Freund vom alten Settegast – er hat ja später in zweiter Ehe auch dessen Tochter geheiratet –, das sagte er dem Jozup so nebenbei. Und daß, wenn auf diese Weise die Kürbisgeschichte ruchbar würde, von einem Verschulden der Frau nicht mehr die Rede sein könne, das sagte er auch.

Da wurde der Jozup alsbald ganz windelweich, ließ seine Ansprüche fahren und setzte für die Zeit nach der Scheidung auch noch ein Jahrgeld aus, so hoch, wie es einer Besitzersfrau zukommt.

Ohne die Marinke mit einem Auge gesehen zu haben, fuhr er zurück übers Haff – zurück zu seiner Mutter, der Wölfin. Und nie mehr hat er einen solchen Angriff gewagt.

Die Marinke blieb bei den guten Leuten, die ihr fast so zugetan waren wie einst die Mutter Enskys, und nährte zugleich mit dem eigenen Kind das fremde rosig und blank.

Und als ein Jahr darauf dessen Vater herbeigesegelt kam, nach ihm zu sehen, da fand er es nicht anders, als ob die tote Mutter noch lebte.

So geschah es fast von selber, daß die beiden sich miteinander versprachen.

Er hatte in manchem Ähnlichkeit mit dem Jurris, und das gefiel der Marinke am meisten.

Die Hochzeit wurde in Frieden und Stille begangen. Und still und friedlich leben die beiden noch heute.

Über tredition

Eigenes Buch veröffentlichen

tredition wurde 2006 in Hamburg gegründet und hat seither mehrere tausend Buchtitel veröffentlicht. Autoren veröffentlichen in wenigen leichten Schritten gedruckte Bücher, e-Books und audio-Books. tredition hat das Ziel, die beste und fairste Veröffentlichungsmöglichkeit für Autoren zu bieten.

tredition wurde mit der Erkenntnis gegründet, dass nur etwa jedes 200. bei Verlagen eingereichte Manuskript veröffentlicht wird. Dabei hat jedes Buch seinen Markt, also seine Leser. tredition sorgt dafür, dass für jedes Buch die Leserschaft auch erreicht wird.

Im einzigartigen Literatur-Netzwerk von tredition bieten zahlreiche Literatur-Partner (das sind Lektoren, Übersetzer, Hörbuchsprecher und Illustratoren) ihre Dienstleistung an, um Manuskripte zu verbessern oder die Vielfalt zu erhöhen. Autoren vereinbaren direkt mit den Literatur-Partnern die Konditionen ihrer Zusammenarbeit und partizipieren gemeinsam am Erfolg des Buches.

Das gesamte Verlagsprogramm von tredition ist bei allen stationären Buchhandlungen und Online-Buchhändlern wie z. B. Amazon erhältlich. e-Books stehen bei den führenden Online-Portalen (z. B. iBookstore von Apple oder Kindle von Amazon) zum Verkauf.

Einfach leicht ein Buch veröffentlichen: **www.tredition.de**

Eigene Buchreihe oder eigenen Verlag gründen

Seit 2009 bietet tredition sein Verlagskonzept auch als sogenanntes "White-Label" an. Das bedeutet, dass andere Unternehmen, Institutionen und Personen risikofrei und unkompliziert selbst zum Herausgeber von Büchern und Buchreihen unter eigener Marke werden können. tredition übernimmt dabei das komplette Herstellungs- und Distributionsrisiko.

Zahlreiche Zeitschriften-, Zeitungs- und Buchverlage, Universitäten, Forschungseinrichtungen u.v.m. nutzen diese Dienstleistung von tredition, um unter eigener Marke ohne Risiko Bücher zu verlegen.

Alle Informationen im Internet: **www.tredition.de/fuer-verlage**

tredition wurde mit mehreren Innovationspreisen ausgezeichnet, u. a. mit dem Webfuture Award und dem Innovationspreis der Buch Digitale.

tredition ist Mitglied im Börsenverein des Deutschen Buchhandels.

Dieses Werk elektronisch lesen

Dieses Werk ist Teil der Gutenberg-DE Edition DVD. Diese enthält das komplette Archiv des Projekt Gutenberg-DE. Die DVD ist im Internet erhältlich auf **http://gutenbergshop.abc.de**